中医針灸

余瀛鳌 胡晓峰 编著

中华文化丛书
ZHONGHUA WENHUA CONGSHU

百花洲文艺出版社
BAIHUAZHOU LITERATURE AND ART PRESS

中华文化丛书
ZHONGHUA WENHUA CONGSHU

致　读　者

中华文化是世界上最古老的文化之一，也是中华民族智慧的结晶。它丰富的内涵，不仅充分表现出以华夏文化为中心的统一性，而且有着非常明显的多民族特点。中华文化的统一性，在中国历史上的任何时刻，即使是在多次的政治纷乱、社会动荡中，都未曾被分裂和瓦解过；它的民族性则表现在中国广袤疆域上所形成的多元化的区域文化和民族文化。而在悠久的历史长河中，随着中外文化交流的频繁，中华文化又吸收了许多外来的优秀文化。它的辉煌体现在哲学、宗教、文学、艺术里，它的魅力体现在中医、饮食、民俗、建筑中。数千年来，它不仅滋养着炎黄子孙，而且对世界其他地区的历史与文化产生了重要的影响。

在进入21世纪的今天，越来越多的人对中华文化产生了浓厚的兴趣。许多国家兴起了学汉语热，来中国的外国留学生也以每年近万人的速度递增。近年来，一些国家还相继举办了“中国文化节”，更多的外国朋友愿意了解、认识古老而又现代的中国。

为了展示中华民族的优秀文化，促进中华文化与世界各国文化之间的交流，我们策划、编撰了这套“中华文化丛书”（外文版名称为“龙文化：走近中国”）。整套丛书用中文、英文、法文、日文、德文、西班牙文，向中外读者展现了中华文化的丰富内涵。在来自不同领域的百余位专家、学者的笔下，这些绚丽的中华文化元素得到了更细腻、更生动、更详尽、更有趣的诠释。

整套丛书共分36册，从《华夏文明五千年》述说中国悠久的历史开始，通过《孔子》、《孙子的战争智慧》、《中国古代哲学》、《科举与书院》、《中国佛教与道教》，阐述中华民族精神文化的不同基因与思想、哲学发展的脉络；通过《中国神话与传说》、《汉字与书法艺术》、《古典小说》、《古代诗歌》、《京剧的魅力》，品味中国文学从远古走来一路闪烁的艺术与光芒；通过《中国绘画》、《中国陶瓷》、《玉石珍宝》、《多彩服饰》、《中国古钱币》，展示中国古代艺术的绚烂与多姿；通过《长城》、《古民居》、《古典园林》、《寺·塔·亭》、《中国古桥》，回眸中国古代建筑史上的璀璨与辉煌；通过《民俗风韵》、《中国姓氏文化》、《中国家族文化》、《玩具与民间工艺》、《中华节日》，追溯中国传统礼仪、民俗文化的起源与发展；通过《中医中药》、《神奇的中医外治》、《中华养生》、《中医针灸》，领略中国传统医学的博大与精深；通过《中国酒文化》、《中华茶道》、《中国功夫》、《饮食与文化》，解读中国人"治未病"的思想与延年益寿的养生方法；通过《发明与发现》、《中外文化交流》，介绍中国科技发展的渊源与国际交流合作之路。

这套丛书真实地展现了中华文化的方方面面，作者以通俗生动的语言，在不长的篇幅内，图文并茂地讲述了丰富的历史、故事、传说、趣闻，突出知识性、可读性和趣味性，兼顾多国读者的阅读习惯，很适合对中华文化有兴趣的中外大众读者阅读。

参加本套丛书外文版翻译工作的人士，大都是多年生活在海外的华人学者，校译者多为各国的相关学者。在本套丛书出版之际，谨向这些热心参与本项工作的中外人士致以崇高的敬意和感谢。

本套丛书由中国山东教育出版社、中国百花洲文艺出版社和中国湖南科学技术出版社联合出版。2009年9月，中国将作为主宾国，参加在德国法兰克福举办的国际书展。我们真诚地希望，这份凝聚着中国出版人心血的厚重礼物能够得到全世界读者的喜爱。

卢祥之

2009年1月15日

黄帝像

目录

引 言

在20世纪50年代末，中国著名的元帅朱德接受针灸治疗后曾留下一段佳话。有一天，朱德元帅突然感到右臂疼痛，抬不起来，连吃饭拿碗都费劲，就急忙请医生来诊治。医生开了一些药，可他连吃了几天，疼痛并没有减轻。后来，有人向他推荐北京名医胡荫培，说他扎针扎得很好，技术精湛。胡医生来到朱德元帅的家中，了解了他的病情后，让他脱掉上衣，露出右胳膊，并用力向上抬。朱德元帅说："不行啊，实在抬不起来。"在胡医生的帮助下，朱德元帅勉强抬起了右胳膊，这时，胡医生不慌不忙地取出一支细长的金针，消毒之后，在朱德元帅的腋窝正中央轻轻一扎，随即一边捻着，一边往深处进针。十几分钟后，针被取出，胡医生让朱德元帅再抬起右胳膊。令人惊叹的是，朱德元帅的右胳膊伸展自如，而且不痛了。朱德元帅为此感到非常高

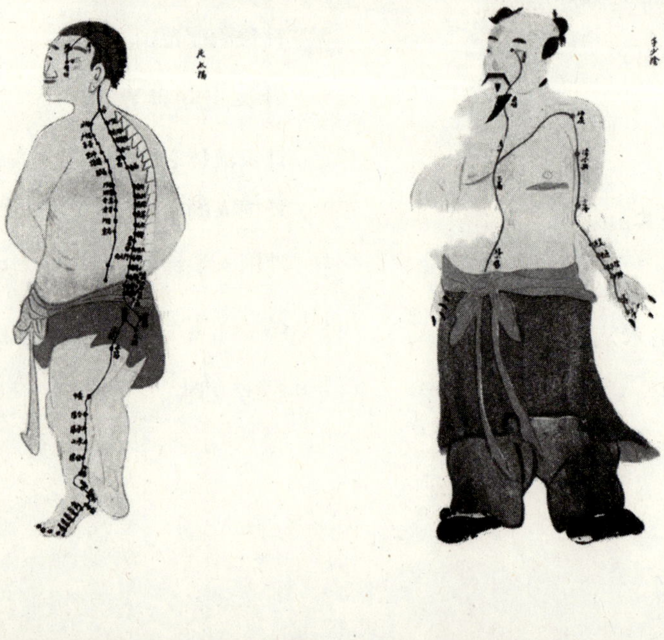

兴，称赞胡医生医术高明。胡医生扎针的穴位在中医针灸学上叫“极泉”，就是在腋窝正中处，在这个穴位进针治疗胳膊疼痛、肩周炎，一扎就灵。

还有一位日本人学习中医针灸的故事。在日本北海道有一间门面不大的诊所，诊所的主人姓岩田。十二年前，他腰不能弯，腿不能伸。为了治病，他在家人的陪伴下，跑遍了日本的医院，尝试了各种药物和方法，但都不见什么效果。经人介绍，他拖着病躯，来到中国求治。当时，中国有一位姓楼的针灸专家，用了不到一个月的时间竟给他治好了。岩田深深感受到中国针灸的神奇疗效了不起，于是就留在中国学习针灸。三年后，他学成回到了日本，开办了针灸诊所，不久便在当地远近闻名了。

要想列举中国针灸疗效神奇的故事，那可就太多了。

▼《经络图说》彩绘十四经穴图

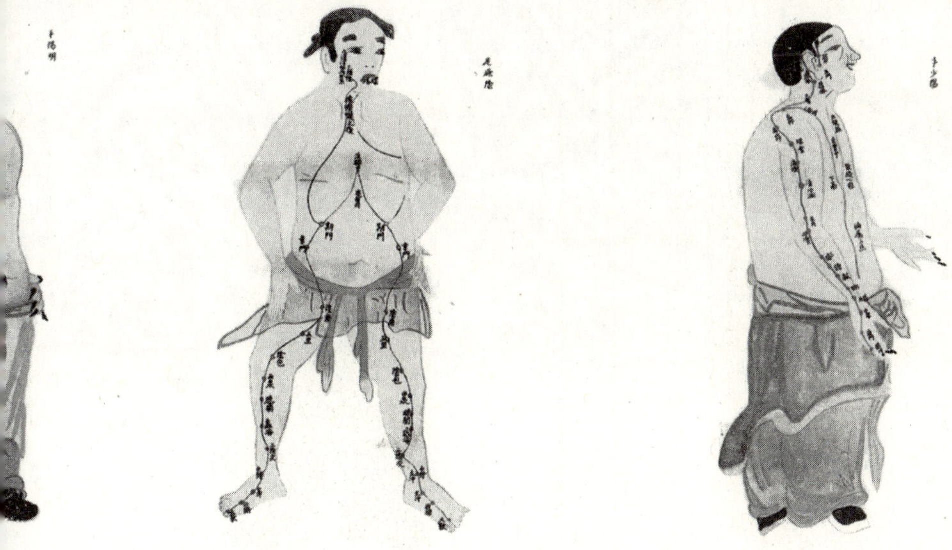

远古时期人类的医疗实践

历史渊源

中国是一个多民族的国家，各个民族均有自己的传统医学，如藏医、蒙医、壮医、傣医等。汉民族的传统医学，历史上称为“医学”。鸦片战争以后，特别是五四运动以后，为与传入中国的西方医学相区别，才有“国医”、“中医”的称呼。在海外，中医又称为“汉医”、“东医”等。中医学历经千百年而不衰，说明它的疗效是可信的，是有顽强的生命力的。针灸是中医学的一个分支，它不是来自实验室，而是经过长期实践经验的积累而形成的，是来自中华民族的先人用自己的身体尝试体悟出来的行医实践。

从火和石头说起

根据历史记载和出土文物考证，从远古到距今一万年前的旧石器时代，原始人治病的工具是石头和火。中国古书《说文

《五十二病方》▶

解字》中说："灸，灼也。"这说明灸法的产生与火的发明和使用有关。自从原始人控制并使用了火以后，人们利用火取暖或点燃篝火防避野兽时，常常会发现身体接近火源后某些病痛能得到一些减轻或消失。当皮肤被迸出的火星烧灼、烫伤后，他们也会发现局部的烧灼可以减轻某些疾病的症状。这种情形反复出现之后，人们受到了启发，逐渐采用兽皮或树皮包上烧热的石块或砂土，贴附在身体的某一疼痛的部位，这样做能保持较长时间的热感。这种温热感应对解除某些病痛，如对受凉引起的腹痛及寒湿造成的关节痛等有很好的治疗作用。后来人们采用树枝或干草作燃料，在使用过程中，人们发现有一种叫"艾叶"的植物，既易于燃烧、气味芳香，又容易采集和贮藏，所以便用来做热敷的主要原料。人们通过进行局部固定的温热刺激，治愈了许多的疾病，从而形成了原始的灸法。1973年，在湖南省长沙市发掘出的三号汉朝（汉朝为公元前206～公元220年，分为西汉和东汉两个时期）墓中出土了一具两千年前的外形完整无缺的女尸。她是马王堆三号墓的主人，一位汉代丞相夫人。在随葬的三千多件珍贵文物中，人们发现了一些医学帛书（当时还没有发明造纸，中国古代的文书写在绢帛上），其中有一本书名为《五十二病方》。该书虽是一部以药物治疗为主的医方专著，但也大量介绍了灸法治疗。在五十二种病症中，有二十三种列有灸疗方法，且许多病症列有两种或两种以上的灸疗方法。那时用于灸法的材料很多，如木炭、干柴、干稻草、粗麻、旧蒲席、鸡毛、草药等。施灸的部位多为病变局部或大面积的烘烤。另外还发掘出《足臂十一脉灸经》和《阴阳十一脉灸经》两部书，这两部书的内容专门论述灸法，可见灸法是人类发明使用并延续至今的最古老的治疗手段之一。

那时候，原始人在生产、生活中，由于环境和劳动条件

◀ 砭石

极端恶劣，常常会被尖石和荆棘碰伤身体的某一个部位，甚至皮肤被碰破后出血。在这些情况发生之后，他们会发现某些原有的病痛会因此而减轻或消失（如头痛、筋骨酸痛等）。久而久之，原始人便意识到，身体的某些部位通过外界的刺激或使之出血，可以收到医治疾病的效果。到了新石器时代（始于约八九千年前），人们制作出种类较多而又比较精细的石器，如用作生产的刮削器、尖状器等，其中用于治病的石器被称作“砭石”。

砭石是一种锐利的石块，主要被用来破开痈肿，排脓放血，或用以刺激身体的某些部位。为了适应穿刺或切割的需要，砭石渐渐出现了或有锋，或有刃的形状。据考古发现，砭石的形状有剑形、刀形、针形等。1963年，中国内蒙古自治

金、银医针▶
（西汉）

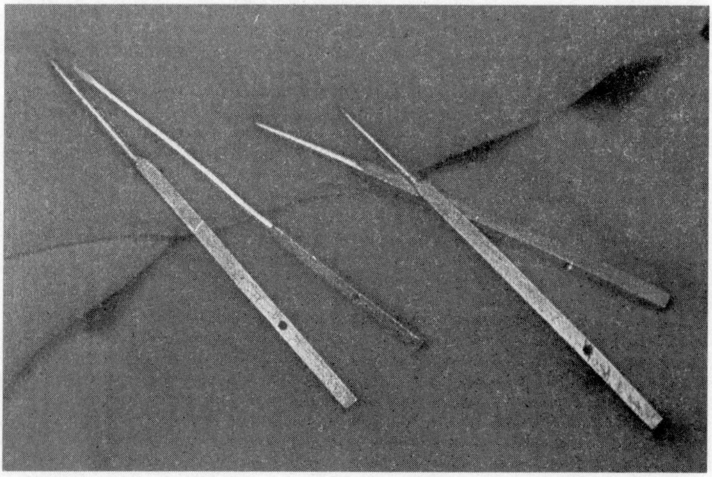

区多伦县在新石器时代遗址中出土了一块磨制的4.5厘米长的砭石，一端扁平有弧形刃，可用来切开脓疡，另一端为四棱锥形，可用来放血。在山东省日照县新石器时代晚期的一个墓葬里，人们还发现过两块殉葬的砭石，长度分别为8.3厘米和9.1厘米，尖端为三棱锥形和圆锥形。砭石实物的发现，为针刺起源于新石器时代提供了有力的证据。因此，砭石的起源，可远溯到新石器时代，甚至可能更早一些。随着冶金术的发明，人类创造了金属针，代替了砭石，制造针具的材料也得到不断改进。1968年，人们在河北藁（gǎo）城发掘出的西汉（公元前206～公元25年）刘胜墓葬内，发现了九根金、银制作的医用针，其制作工艺颇为精细。人们现在用的不锈钢针，就是在古代砭石、石针、骨针、竹针等原始针具的基础上，历经铜针、金针等不同阶段，不断发展更新而来的。可以说，砭石是后世刀和针具的雏形。

针法和灸法的形成与中国的祖先们信奉鬼神有关。他们认为人体产生病痛是鬼邪入体所致，入体的部位不同，症状也不同。他们用针法刺破疼痛部位的皮肤，放出适量的血液，来达到去邪的目的。“火”也被认为有驱鬼邪之功，因而越来越被广泛应用。针法和灸法的起源与形成也与中国古老的道教阴阳学说有着密切的关系。道教认为，宇宙中的任何事物都可以分为阴、阳两种属性，代表事物矛盾对立、统一的两个方面，如天为阳，地为阴；白天为阳，黑夜为阴；上为阳，下为阴；热为阳，寒为阴，等等。

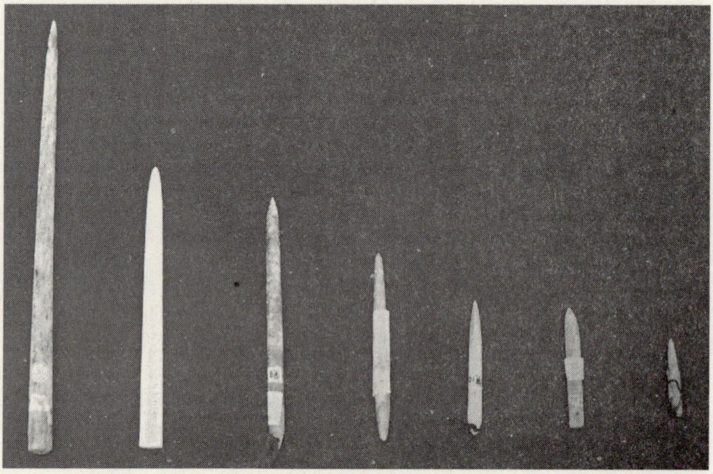

玉石针（商周）▶

阴与阳存在着相互滋生、相互依存的关系，也就是说任何阳的一面或阴的一面，都不能离开另一面而单独存在。同一体的阴与阳，始终在不断地运动和变化，在一定的条件下，发展到一定的阶段，双方可以各自向其相反的方面转化，阴可以转为阳，阳可以转为阴。道教称之为“阴阳转化”。阴阳转化是从量变向质变转化，这一过程被称为“阴阳消长”。人体发生疾病的原因，是因为机体内阴阳之间失去相对的协调平衡，故有“一阴一阳谓之道，偏盛偏衰谓之疾”的说法。调整阴阳，即是根据机体阴阳失调的具体状况，损其偏盛，补其偏衰，促使其恢复相对的协调平衡。因此，针灸学中辨证诊断、配穴方法、具体病症的治疗原则都遵循阴阳学说。比如，针灸学的经络理论就与阴阳密不可分，认为人体各脏腑组织器官在气血的滋养温润后才能发挥其正常的生理功能，使人体处于“阴平阳秘,精神乃治”的状态。也就是说，经络通过运行气血，实现其协调阴阳的作用。人体脏腑经脉的属性根据阴阳学说来分，凡归属于五脏的经脉为阴经，凡归属于六腑的经脉为阳经。又根据阴阳盛和衰的不同情况，将阴经和阳经分为三阴经和三阳经（参见本书“经络”一节）等。针灸学将人体的胸腹划分为阴，背腰划分为阳；四肢内侧(屈侧)划分为阴，外侧(伸侧)划分为阳。这些部位的阴阳划分对疾病的诊断与治疗配穴方法具有指导意义。

古籍宝藏

在漫长的历史发展过程中，针灸治疗方法逐渐形成，其学术思想也随着临床经验的积累逐渐完善。中国医学史上有很多记述针灸术的书籍。1973年湖南省长沙市马王堆三号汉墓出土的医学帛书中，有两种论述古代经脉的著作，即《足臂十一脉灸经》和《阴阳十一脉灸经》（现藏于湖南省博物馆）。这两种书是中国迄今发现的最早的经络学著作，论述了人体十一条脉的循行分布、病候表现和灸法治疗等，已形成了完整的经络系统学说。经络是经脉和络脉的总称，是人体联络、运输和传导的体系。经，有路径的含义。经脉贯通上下，沟通内外，位于深层，粗大，纵行，是运行气血、调节阴阳的主干。络，有网络的含义。络脉是经脉的分支，较经脉细小，纵横交错，遍布全身，位于体表内浅层。据考古鉴定，《足臂十一脉灸经》大约成书于春秋时期（公元前770～前476年）。书中以“足”表示下肢脉，共有六条；以“臂”表示上肢脉，共有五条。这十一条脉的排列顺序是先足后手，循行的基本规律则是从四肢末端到胸腹或头面部。《足臂十一脉灸经》主治疾病有七十八种，但尚未对疾病进行分类。《阴阳十一脉灸经》成书时间稍晚于《足臂十一脉灸经》，分甲、乙两种文本。该书在《足臂十一脉灸经》的基础上对十一条脉的循行及主治疾病作了较大的调整和补充，以先阴脉后阳脉的原则来确定各脉的排列次序。《阴阳十一脉灸经》共记载了所治的一百四十七种疾病，并将各脉的病候按致病的不同原因分类。这两部书还没有把经脉和内脏器官联系在一起，没有循行的概念，且只有灸法，没有针法。

马王堆西汉墓出土帛书

大约从战国时期（公元前475～前221年）开始，历经秦朝（公元前221～前206年），以至西汉时期，先人们汇总了历史上诸家的医学经验和论述，完成了《黄帝内经》一书。《黄帝内经》是记载针灸经络理论最早的经典，其中所记载的针灸内容反映了战国至西汉时期的针灸实践和理论，是一部研究人体的生理学、病理学、

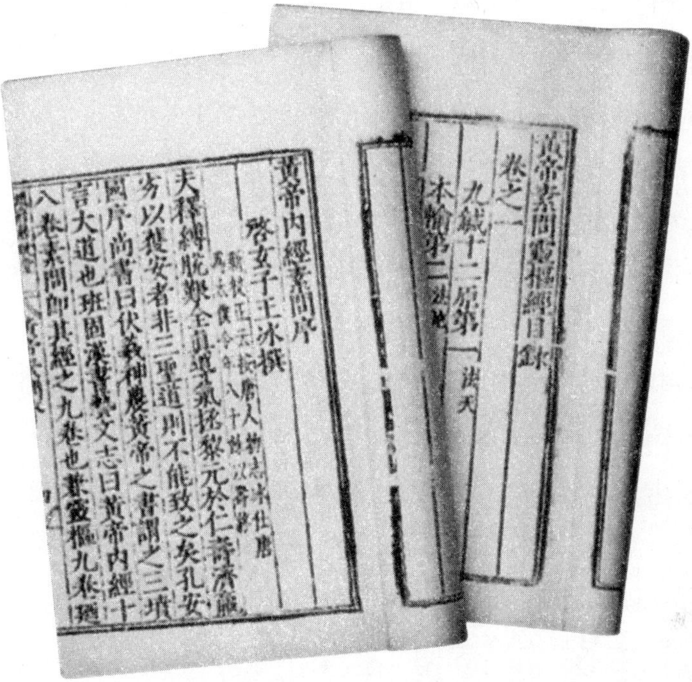

◀《黄帝内经》书影

诊断学、治疗原则和药物学的医学巨著。《黄帝内经》（简称《内经》）分为《素问》、《灵枢》两个部分，各有文章八十一篇。书名中的“黄帝”是借用了中国远古时期一位被中华民族视为祖先的人的名字。黄帝曾经率领他的部落统一了全国，中华文明从此发源。《内经》运用朴素的唯物论和辩证法思想，对人体的解剖、生理、病理以及疾病的诊断、治疗与预防作了比较全面的阐述，确立了中医学独特的理论体系，成为中国医药学发展的理论基础。《内经》中关于疾病的治疗，使用的药方仅十三个，绝大部分采用针灸治疗。《内经》对于腧穴理论的发展也有贡献。腧穴，也称“穴位”，是人体脏腑经络气血输注出入的特殊部位，又是疾病的反应点和治疗的刺激点。刺激这些点，可以治疗相应的疾病。书中记载的穴位数量增加至一百六十个左右，提出了特定穴理论和骨度分寸法（参见本书“针灸取穴”一节）。尤其是在《黄帝内经·灵枢》中，先人们从中医经络学、针灸学及其临床等方面记述了针灸的适应症，以阴阳、五行（指金、木、水、火、土五种物质。中国古代思想家用这五种物质来说明世界万物的起源。它强调整体概念，描绘了事物的结构关系和运动形式。中医用五行来说明生理病理上的种种现象）、脏腑、经络、精神、气血等为主要内容，从整体上阐述了人体生理病理、诊断要领和防治原则，重点论述了经络、腧穴、针法、灸法等。《黄帝内经·灵枢》中提出了人

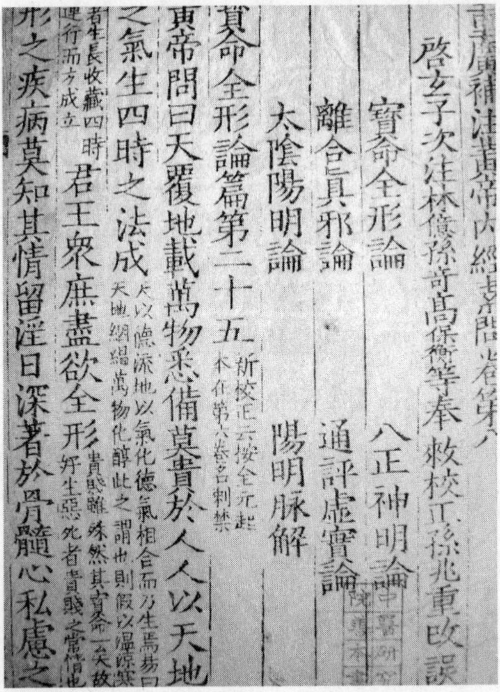
重廣補注黃帝內經素問卷第八
啓玄子次注林億孫奇高保衡等奉敕校正孫兆重改誤
寶命全形論　八正神明論
離合眞邪論　通評虛實論
太陰陽明論　陽明脉解
寶命全形論篇第二十五 新校正云按全元起本在第六卷名刺禁
黃帝問曰天覆地載萬物悉備莫貴於人人以天地之氣生四時之法成 天以德流地以氣化德氣相合而乃生焉易曰天地絪縕萬物化醇此之謂也則假以溫涼寒[illegible]者生長收藏四時運行而方成立
君王衆庶盡欲全形 貴賤雖殊然其寶命一矣故好生惡死者貴賤之常情也
形之疾病莫知其情留淫日深著於骨髓心私慮之

《黄帝内经·素问》▶
书影

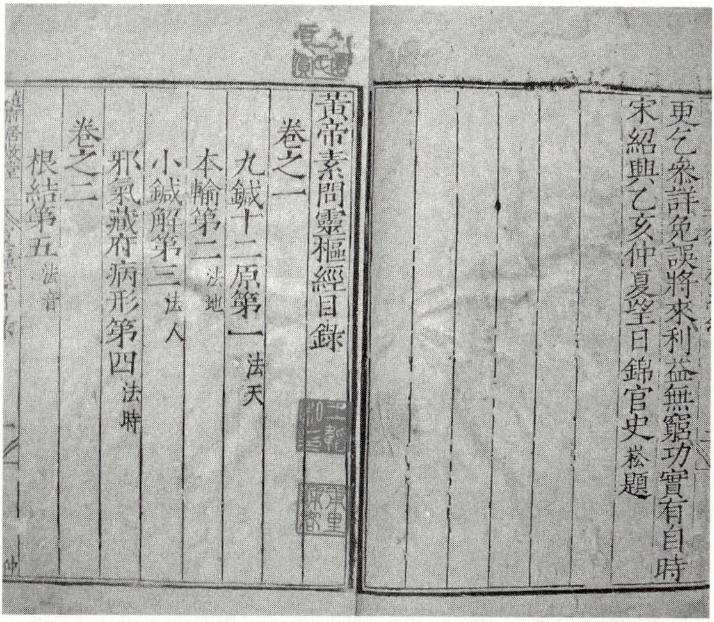

更乞參詳免誤將來利益無窮功實有自時
宋紹興乙亥仲夏望日錦官史崧題

黃帝素問靈樞經目錄
卷之一
九鍼十二原第一 法天
本輸第二 法地
小鍼解第三 法人
邪氣藏府病形第四 法時
卷之二
根結第五 法音

◀《黄帝内经·灵枢》书影

体十二条经络的理论，比前人增加了一条手厥阴心包经。

针灸从起源到理论体系逐渐形成，经历了一个漫长的经验积累过程。在长期的实践基础上，各家著书立说，出现了一系列反映针灸的书籍。此后的几百年中，先后又出现了两部比较系统的针灸学专著，一部是《黄帝明堂经》，另一部是《针灸甲乙经》。《黄帝明堂经》大约成书于西汉末至东汉延平年间（公元前138 ~ 公元106年），在历史上又被称作《明堂经》。“明堂”在远古的黄帝时代曾经是一种建筑，是黄帝测天象、观四方和举行重大政治文化活动的场所。后来，将腧穴书普遍冠以“明堂”二字，最关键的原因是古人运用了中医最常见的

“取类比象”的方法（即指将事物的性质和作用相类比，而得出不同类事物的共同属性）。在针灸腧穴理论上，将腧穴分属十二经，每经各有五输（通道），皆自下而上依次疏注，与“明堂”建筑有十二宫，而帝王每月居一室，依次轮流居住的特点相合。所以，“明堂”二字渐渐成为针灸腧穴书的代称，以至“明堂”成为针灸腧穴的代名词。在《黄帝明堂经》成书之前，大量论述针灸治疗的内容都散见于各类医学书籍中，针灸学尚未形成独立的专科。《黄帝明堂经》是中国第一部腧穴学专著。该书汇总了汉代及汉以前包括《内经》在内的医书中的大量针灸文献，对腧穴的名称、部位、主治病症及刺灸法等方面进行了首次全面系统的总结，成为宋朝（公元960～1279年）以前针灸教学及临床取穴的准绳，也就是事实上的标准，对于后世针灸腧穴学的发展产生了深远的影响。《黄帝明堂

青铜针(西周) ▼

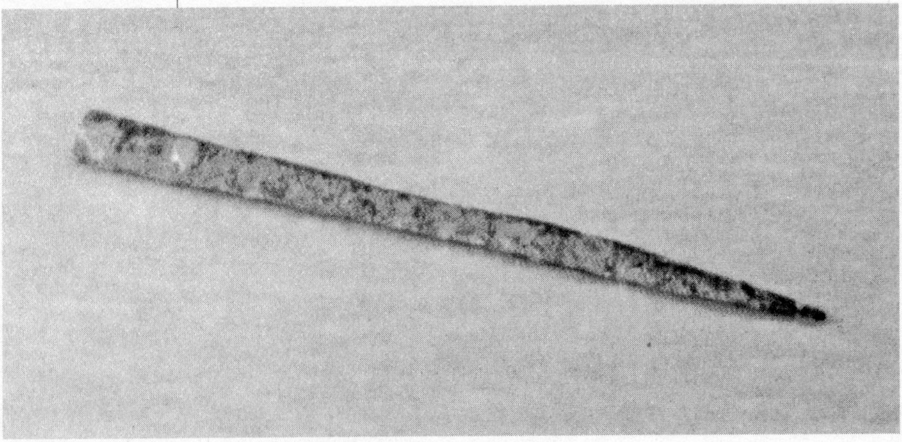

经》原书最晚在宋代就已经失传了，幸好其内容被后世文献代代相承并辑录而得以保存下来。在甘肃敦煌出土的古代医学卷子中，有三片针灸腧穴文献残页，经考证，确认是《黄帝明堂经》的古传本。

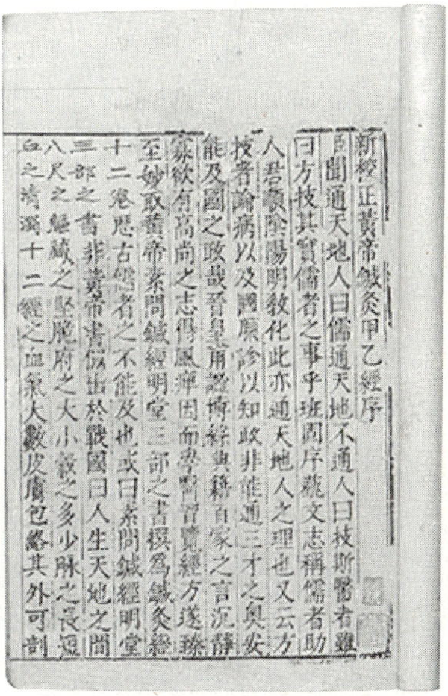
新校正黄帝鍼灸甲乙經序
臣聞通天地人曰儒通天地不通人曰技斯醫者雖
曰方技其實儒者之事乎班固序藝文志稱儒者助
人君順陰陽明教化此亦通天地人之理也又云方
技者論病以及國原診以知政非能通三才之奧安
能及國之政哉晉皇甫謐博綜典籍百家之言沉靜
寡欲有高尚之志得風痺因而學醫習覽經方遂臻
至妙取黃帝素問鍼經明堂三部之書撰爲鍼灸經
十二卷歷古儒者之不能及也或曰素問鍼經明堂
三部之書非黃帝書似出於戰國曰人生天地之間
八尺之軀藏之堅脆府之大小穀之多少脈之長短
血之清濁十二經之血氣大數皮膚包絡其外可剖

◀《针灸甲乙经》书影

最早引录《黄帝明堂经》一书的是魏（公元220～265年）、晋（公元265～420年）时期成书的《针灸甲乙经》，但书中没有按照《黄帝明堂经》原本抄录。到唐朝（公元618～907年），朝廷曾两次下令重修《黄帝明堂经》，基本保留了原书的内容。其中由杨上善奉敕撰注的《黄帝内经明堂》（十三卷）保留了较多《黄帝明堂经》的原始内容。遗憾的是现在仅残存该书的序文和卷一部分，藏于日本仁和寺中。日本人丹波康赖曾辑录《黄帝明堂经》，撰写《医心方》一书，成为现今研究《黄帝明堂经》内容的珍贵资料。

《针灸甲乙经》是针灸学家皇甫谧(公元215～282年）撰写的。他继承和发展《黄帝内经》的理论体系和辨证论治思想，把古代著名的医学著作加以综合比较，“删其浮辞，除其重复，论其精要”，并结合自己的临床经验，完成针灸学著作《针灸甲乙经》（简称《甲乙经》），为针灸学系统化、专科化奠定基础，为后世规范针灸学的应用。书中全面论述了脏腑经络学说，统一了针灸经络穴位，发展并确定三百四十九个穴位名称，并对每种疾病的针灸取穴，以及每一腧穴的主治病症范围，都作了归纳整理。《甲乙经》的贡献在于其内容丰富、系统、完整，论证深刻、精辟。例如，《甲乙经》在论述经穴作用时，指出某些穴位具有双向调节作用，既可补不足，又可泻有余，既可抑阳之亢，也可袪阴之盛。《甲乙经》全书共十二卷，其中一卷至六卷论述针灸学的基本理论，七卷至十二卷讲述针灸的临床应用，论述各种疾病的病

因、病机、症候，所用腧穴和这些腧穴的主治、病症等。全书一百二十八篇，其中七十篇专论经穴。

《甲乙经》的学术价值还在于书中列出了一千多条内、外、妇、儿各科病症的病因、症状，并分类编辑，其中内科杂病四十三篇，外科三篇，妇科和儿科各一篇。对于这些病症的论述，比张仲景（约公元150～219年）的《伤寒杂病论》要广泛和全面得多。其中对内科疾病的论述尤为详细，并按不同病变所在脏腑的部位进行了分类，分析了每一种病症的病变机理，所以也可以将《甲乙经》视为中国较早、较完整、较系统的中医临床著作。

到了南北朝（公元420～589年）和隋（公元581～618年）、唐朝时，针灸学著作不仅数量大大增加，而且内容也更加丰富多彩。此外还有不少彩绘针灸挂图、针灸图谱、灸疗专著，以及兽医针灸著作等。例如，唐代著名的大医学家孙思邈（公元581～682年）和王焘（公元670～755年）等人的医学著作中，都专门详细地记述了针和灸的疗法。为发扬针灸学说，孙思邈绘制了三幅大型彩色针灸挂图，用五色分别绘出人体正面、背面和侧面的十二经脉，用绿色绘出奇经八脉（它们与十二经不同，既不直属脏腑，又无表里配合关系，故称“奇经”）。王焘也对灸法腧穴进行了整理，采取以经统穴的方法，将所有腧穴均分列于十二经脉中，并分述各穴的取穴方法及主治病症等，共收三百五十二个经穴。王焘绘成十二幅大型彩色挂图，也用不同的颜色绘出十二经脉和奇经八脉。当时的针灸疗法和其他医学科目一样，都被朝廷正式列入医学教育课程，明确规定以《黄帝内经》、《黄帝明堂经》等作为教材。皇家太医署（既是一所皇家医学院，又是一座宫廷医院，由行政、教学、医疗、药工四部分人员组成）里还专门设立了针博士、针助教、针师、针工和针生等职衔。这些都说明当时针灸学已发展到相当高的水平。

宋朝分为北宋（公元960～1127年）和南宋（公元1127～1279年)两个时期。北宋时，有位著名的针灸学家名字叫王惟一（公元987～1067年）。公元1023年，宋仁宗诏令编撰针灸取穴标准。王惟一等人经过三年的努力，于公元1026年著成《铜人腧穴针灸图经》（共三卷），作为国家法定教本颁布于全国。该书按十二经脉，考订了针灸经络，考证了三百五十四个穴位，并注有穴位名称，绘制成图。书中详述了各个针灸穴位间的长短距离，针刺的深浅尺度，以及主治病症和功效。人们按照图谱可查到所需用的穴位，按照穴位可查到所治的病症。这是中国古代针灸典籍中一部很有价值的针灸学专著。为了便于该书的长久保存，皇帝下诏书将《铜人腧穴针灸图经》刻在石碑上。在成书的次年，王惟一又设计并主持铸造了两具供针灸用的铜人，作为针灸教学的直观教具和针灸医生考核用具。南宋的针灸学家王执中十分重视针灸行医实践，搜集了许多散落在民间的临床经验，并重视灸术和压痛点对于诊断和治疗疾病的作用，主张针灸同治、针药同治、灸药同治。他对于

▲《孙思邈坐虎针龙图》

取穴、施灸、灸后护理、针灸禁忌以及针药关系等针灸学基本问题有独到的见解，于公元1220年撰成《针灸资生经》。这是一部文献价值、临床价值非常高的针灸专著，对于后世针灸学的影响甚至已经超过北宋官修针灸经典《铜人腧穴针灸图经》。宋代的针灸学逐渐规范化，出现了中国历史上第一部针灸腧穴的国家标准，统一了腧穴归经、定位，规范了腧穴主治病症，成为当时针灸教育和临床的依据。

元朝（公元1206～1368年）的名医滑伯仁精通内科疾病的诊治和针术，曾经用针灸治疗难产等多种病症，对于经络理论很有研究，强调奇经八脉中的任、督二脉的重要性，提出任、督二脉与十二经并称十四经学说，于公元1341年著《十四经发挥》（共三卷），对后人研究经脉很有裨益。

中国针灸发展到明朝（公元1368～1644年）已进入学术研究的鼎盛时期，名医辈出，也出现了大量的针灸专著，如四部针灸全书——《针灸大全》（公元1439年，作者徐凤）、《针灸聚英发挥》（公元1529年，作者高武）、《针灸大成》（公元1601年，作者杨继洲）、《类经图翼》（公元1624年，作者张介宾，又名张景岳），此外还有陈会的《神应经》、吴昆的《针方六集》、汪机的《针灸问对》、李时珍的《奇经八脉考》等。《针灸大全》对于针刺手法进行了搜集和评述，首次提出按时取穴的理论，成为后世临床的使用法则；《针灸问对》则以问答

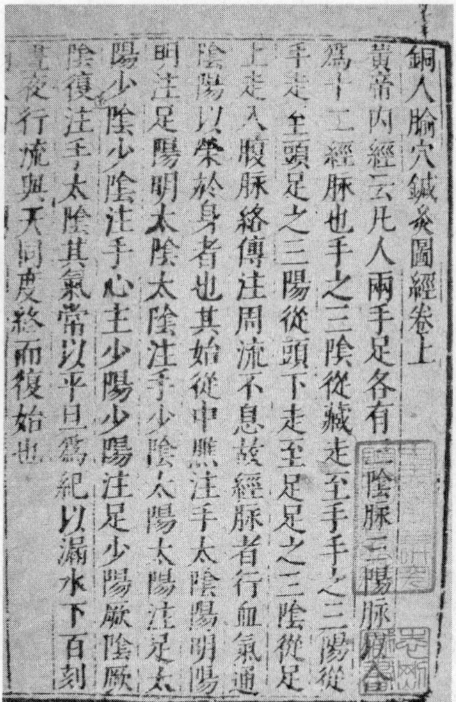
銅人腧穴鍼灸圖經卷上
黄帝内經云凡人兩手足各有三陰脉三陽脉[illegible]
為十二經脉也手之三陰從藏走至手手之三陽從
手走至頭足之三陽從頭下走至足足之三陰從足
上走入腹脉絡傳注周流不息故經脉者行血氣通
陰陽以榮於身者也其始從中焦注手太陰陽明陽
明注足陽明太陰太陰注手少陰太陽太陽注足太
陽少陰少陰注手心主少陽少陽注足少陽厥陰厥
陰復注手太陰其氣常以平旦為紀以漏水下百刻
晝夜行流與天同度終而復始也

《铜人腧穴针灸图经》书影

形式论述了八十多个针灸学术问题。特别是杨继洲（约公元1522～1620年）从事针灸临床四十余年，在太医院任职撰著了《针灸大成》。该书于公元1601年出版，共十卷，汇集了明朝以前的针灸著作，收载了众多的针灸歌赋；重新考订了穴位的名称和位置，并附以全身图谱和局部图谱；阐述了历代针灸的操作手法，并加以整理归纳；记载了各种病症的配穴处方和治疗验案，是继《针灸甲乙经》之后，对于针灸学的第三次总结。该书现有四十余种版本，并译成英、法、德、日等多种文字，在国际上产生了深远影响。与此同时，明朝四部大型综合性医书——《普济方》、《医学纲目》、《奇效良方》、《古今医统》中也均设有针灸

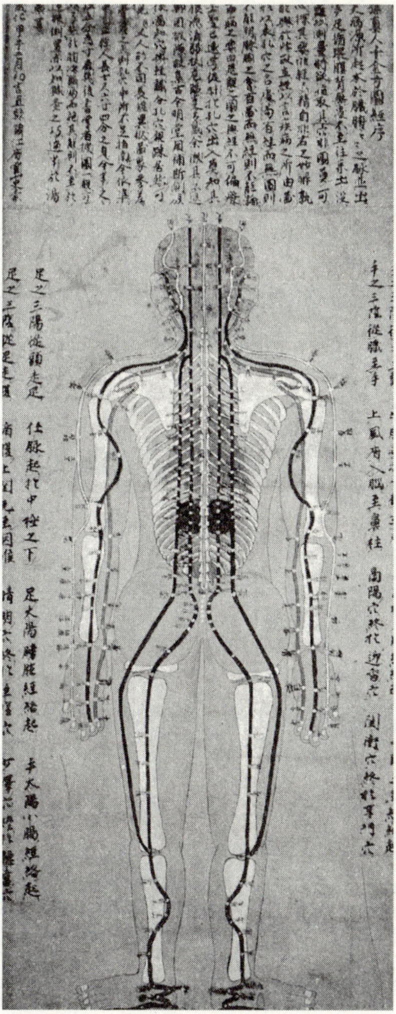

◀ 针灸明堂图(明)

专篇，汇集历代针灸文献。这一时期的针灸著作突出了普及性的特点，出现了大量的针灸歌赋，并总结出许多简便易行的灸法。

清朝（公元1644～1911年）的针灸著作简明、通俗、图文对照、易读易学，具有简单、实用的特点。清朝中期西医开始引入中国，东西方两种医学矛盾日益激化，但由于针灸深得民心，故仍有吴谦等人编撰的《医宗金鉴·刺灸心法要诀》（公元1742年）、李学川的《针灸逢源》（公元1815年）及廖润鸿

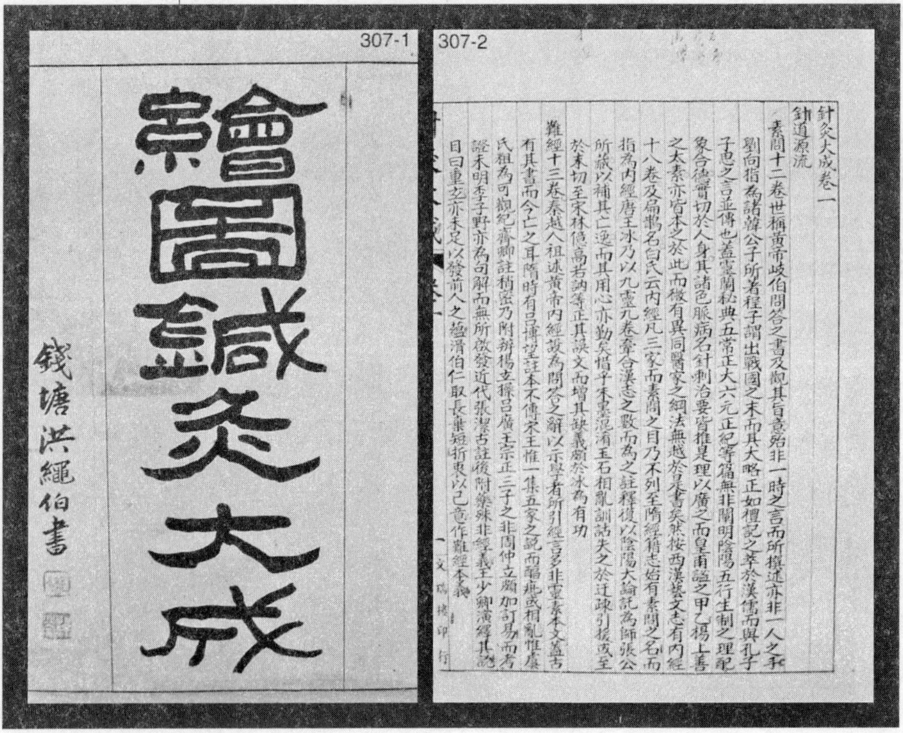

《绘图针灸大成》▼
书影(清)

的《针灸集成》（公元1874年）等著作流传下来。其中，《医宗金鉴·刺灸心法要诀》全面搜集了清朝以前有关针灸学的重要知识，特别是明末张景岳的《类经图翼》及《针灸大成》、《医学入门》。该书重点论述经脉、腧穴，书中歌赋及插图的百分之八九十是介绍经脉、腧穴的内容。在刺灸法方面，书中从头、胸、腹、背以及手足等不同体位论述了一百四十五个针灸要穴，论述了十八种病症的二十二个取穴，以及这些常用的二十二个主要经穴的针灸主治病症。这说明清代针灸学非常重视疗效好、安全性高，且易于普及的经穴。《医宗金鉴·刺灸心法要诀》一书在清代曾被作为学习针灸的教科书，对于针灸知识的教育和普及起到了积极的推动作用，是体现清代针灸学发展特色的代表性著作。李学川不顾当时社会上重方药轻针灸的风气，提出针灸与方药可以左右逢源。在《针灸逢源》（共六卷）中，他汇集了以往各家针灸医学学术思想的精华，总结了当时新的针灸治疗经验，如“太乙神针”和刺痧法

◀ “太乙神针”铜藏针筒

近代出版的针灸书籍▲

等，考订了一些错误的经穴，提出人体“单穴五十二穴位，双穴三百零九穴位，共三百六十一穴位”。他审定的三百六十一个经穴，为医学界所公认并延续至今。

中华人民共和国自1949年成立以来，中国政府十分重视继承发扬祖国医学遗产，组织翻印、点校、注释了一大批古代针灸书籍，整理出版了一批近代医学著作及名老中医经验集，为中医的学术发展提供了新的经验。同时，国家制定了中医政策，并采取了一系列措施发展中医针灸，如建立中国中医研究院针灸研究所，将针灸学列入了中医院校学生的必修课，成立了中国针灸学会，有组织、有计划地开展了针灸腧穴命名、定位、主治及针灸临床研究规范等针灸标准化的研究，使针灸医学得到了前所未有的普及和发展。中医研究人员结合现代生理学、解剖学、组织学、生化学、免疫学、分子生物学，以及声、光、电、磁等边缘学科中的新技术，对经络理论、针刺镇痛、穴位特异性、刺法、灸法进行了系统研究，使针灸疗法的临床应用在传统针灸疗法的基础上创造出很多新的医疗方法，如电针、耳针、头针、穴位注射、穴位结扎、磁穴疗法等，特别是针刺麻醉的应用。

铜人讲述的故事

中国在汉代已出现了用于针刺训练的木质偶人，可惜由于其材质易于损毁未见流传。到宋代，出现了很多不同材质的针灸人体模型，以至于宋朝廷认为有必要制造标准的针灸人体模型。宋天圣年间，皇帝下旨铸造铜质针灸人体模型，简称为“针灸铜人”。针灸铜人表面刻有人体穴名，是形象直观的针灸穴位模型。中国医学史上，不同朝代铸造了多个针灸铜人，其中由官方修铸的针灸铜人，主要有宋天圣针灸铜人、明正统针灸铜人、明嘉靖针灸铜人、清乾隆针灸铜人、清光绪针灸铜人等，还有一些后代仿制品。民间也有制造者，比如历史上著名的药店——同仁堂所属的乐氏药店，在各地有多具针灸铜人

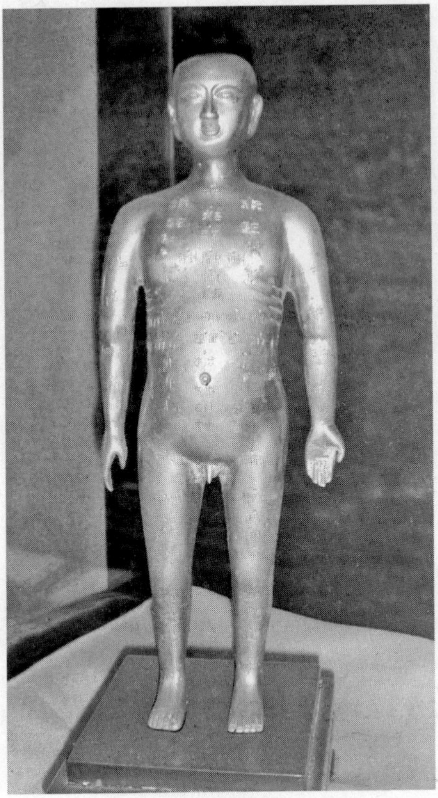

针灸铜人

保存至今。其他还有用锡、木等材质制成的针灸人体模型散见于民间。

《针灸铜人图》是以针灸铜人为模型而绘制的人体穴位图。

在针灸文物中，针灸铜人与针灸铜人图的文献价值和观赏价值极高，是研究古代腧穴定位的宝贵资料。

1.宋天圣针灸铜人

在北宋天圣年间（公元1023～1231年），尽管当时仍有《针灸甲乙经》等针灸书籍流传于世，但因年代久远，书中文字模糊不清，而且存在着一些谬误，所以宋仁宗于公元1023年颁布诏令对古代针灸医籍进行校对整理，并组织医官制定针灸穴位新标准。

当时任翰林医官院（医学研究机构）医官的王惟一对古医书中有关针灸理论、技术、穴位、图经等已有深入的研究，奉旨对人体解剖、腧穴位置、经络走行、针灸主治等进行更深入地考察和研究，撰写《铜人腧穴针灸图经》，并于公元1026年成书。该书共三篇，次年由翰林医官院刻印刊行，作为法定教材颁布于全国。为了更加便于传播，王惟一再次奉旨，设计并主持铸造了两具供针灸用的铜人，于公元1027年铸成。这两具针灸铜人被后人称为"宋天圣针灸铜人"。

根据文献记载，王惟一设计铸造的针灸铜人，由青铜铸成，身高和一般青年男子差不多，面部十分俊朗，体格健美，头部有头发及发冠，上半身裸露，下半身有短裤及腰带。人形为正立，两手平伸，掌心向前。针灸铜人分为前半部、后半部两部分，中间有特制的插头来拆卸组合，既体现了当时很高的人体美学，又体现了准确、精到的铸造工艺。针灸铜人体腔内有木雕的五脏六腑和骨骼，而且位置、形态、大小比例也比较准确，因此，不仅可以应用于针灸学，还可以应用于解剖学研究。针灸铜人表面按十四经系统铸有经络走向以及穴位位置、穴位钻孔。每个小孔表示一个穴位，小孔边上注有穴位的名称，共计三百五十四个穴位，其中三百零七个穴位左右是对称的，为一个穴位名称对应的两个点，分布情况让人一目了然。中国医学史上，针灸铜人除了发挥穴位规范化的作用外，还是教学中考核学生是否掌握针灸经络穴位的依据。考试前，人们将水银注入针灸铜人体内，将体表涂上黄蜡用以完全遮盖经脉穴位。应试者只能凭经验下针。一旦准确扎中穴位，水银就会

天圣针灸铜人重▲铸成功

从穴位中流出；如果扎不准，则针不能入。医学史书把考生刺中穴位的效果称为“针入而汞出”。当时，两具针灸铜人，一具放在朝廷医官院，用于学医者观摩练习，另一具放置在京城相国寺的仁济殿，供百姓前来参观。为了长久保存《铜人腧穴针灸图经》和供研习者观摩学习，北宋朝廷又命人将《铜人腧穴针灸图经》刻在石碑上，这就是有名的宋天圣针灸图经刻石。后来，宋天圣针灸图经刻石被嵌入相国寺内“针灸图石壁堂”的后墙壁上。

宋天圣针灸铜人是中国医学史上最早铸成的针灸铜人，它开创了世界上用铜人作为人体模型进行针灸教学的先河，在海内外引起极大关注，因而成为宋朝国宝。一百年后的公元1126年，位于宋朝北边的金朝（公元1115～1234年）派兵包围了宋朝当时的国都汴梁（今河南省开封市），针灸铜人成了金兵首先抢夺的目标。宋朝、金朝议和时，金朝专门提出要针灸铜人，宋朝坚决不允，由此可见针灸铜人的地位是相当重要的。公元1128年，宋朝被金朝打败，两具针灸铜人和针灸图经刻石便下落不明，有人说它们均被作为战利品掳到北方。后来蒙古军消灭了金朝，建立了元朝，又从金人手中夺走针灸铜人，由于元朝定都北京，遂将宋朝针灸铜人从河南开封迁移至北京。从此以后，在封建朝代的更替和战火混乱之中，两具宋天圣针灸铜人的下落更加扑朔迷离了。据北宋周密撰写的《齐东野语》一书记载，他的舅父章叔恭在襄州（今湖北襄阳）做官时，曾见到一具针灸铜人流落于当地民间，后来被重新呈献给南宋朝廷。又据《元史·王楫传》记载："帝（即元世祖）命取明堂针灸铜像示之曰：'此宣抚王楫使宋时所进。'"王楫原为汉人，战降后改仕蒙古，任宣抚等职。公元1232年，王楫随蒙古军进攻汴京，此时汴京为金国京城，汴京很快被攻破。公元1233年，元朝派王楫出使南宋，当时南宋正处于战败国的地位，南宋朝廷委曲求全，将仅存的一具针灸铜人作为贡品献给了元朝皇帝。针灸铜人是经蒙古使节王楫之手带去的。据

《元史·阿尼哥传》记载，因遭遇战乱，颠沛流离，针灸铜人表面开始缺损。元朝廷曾于元中统年间（公元1260～1263年）请尼泊尔著名工匠阿尼哥修整过此针灸铜人。针灸铜人重新修好后不久，又被从汴京转移至北京。明朝建国初期，即洪武元年（公元1368年），针灸铜人被移入宫中。其记载可见于明朝编撰的《大明一统志》："元至元年间（公元1264～1294年）自汴移置此。洪武初，铜人取入内府。"直到明朝英宗朱祁镇在正统八年（公元1443年）下令铸制针灸铜人，后被称为"明正统针灸铜人"。这一年距宋天圣针灸铜人铸制时间已有四百一十六年的历史

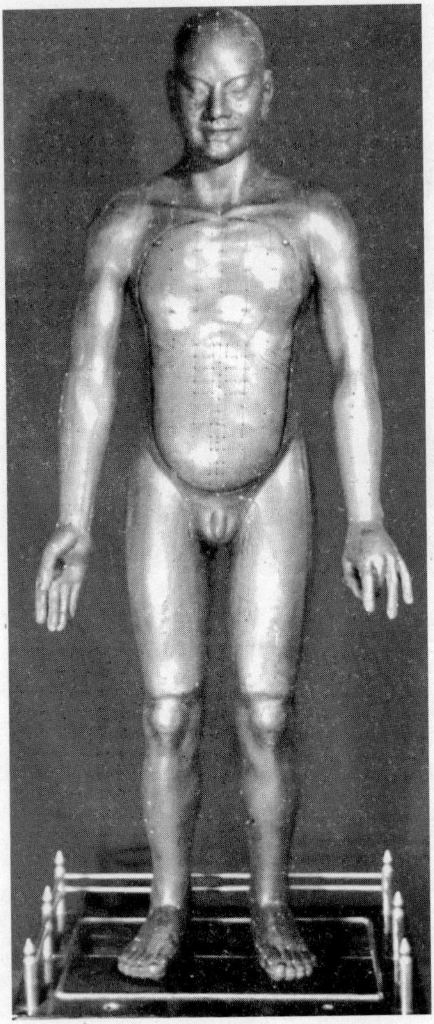
复原针灸铜人 ▶

了。当时，那具宋天圣针灸铜人上的穴位文字已因腐蚀生锈而无法辨认，明朝廷决定不再修补。此后，那具宋天圣针灸铜人就不知去向了。

自从北宋王惟一创造性地用青铜铸造了两具针灸铜人以后，针灸铜人在中国古代针灸教育和临床取穴中发挥了重要的作用。在宋时期的针灸教育中，针灸铜人既是老师讲授“人体腧穴”课的直观教具，又是学生考试“腧穴定位”的标准答案。

2.明正统针灸铜人

明英宗在正统年间（公元1436～1449年）曾下令仿照宋天圣针灸铜人新铸造一具针灸铜人，即“明正统针灸铜人”。有资料记载，相传明英宗曾见过宋天圣针灸铜人，并命令重新再铸一座针灸铜人，要求与宋天圣针灸铜人不差毫厘。但情况是否属实，如今难以考证。明正统针灸铜人铸成后一直藏于明、清太医院内。据《太医院针灸铜像沿革考略》一书记载，明朝末年李自成起义时，将存放在太医院中的明正统针灸铜人的头部毁伤，直到清初顺治年间（公元1644～1661年）才重新修好。后来，到了清末八国联军侵占北京时（公元1900年），明正统针灸铜人被俄军掠走。清末御医任锡庚于民国初期撰写的《太医院志》中记载：公元1900年八国联军占领北京时，太医院中的明正统针灸铜人及铜铸的三皇像，均被俄国的军队抢去。当时太医院的医官们为了讨还这具针灸铜人，曾和俄国军队进行了多次交涉，最后，仅把三皇铜像赎回，而明正统针灸铜人则未予归还。有关资料证实，这一失落百余年的针灸铜人被收藏于俄罗斯圣·彼得堡艾尔米塔什（Ermitage）博物馆。

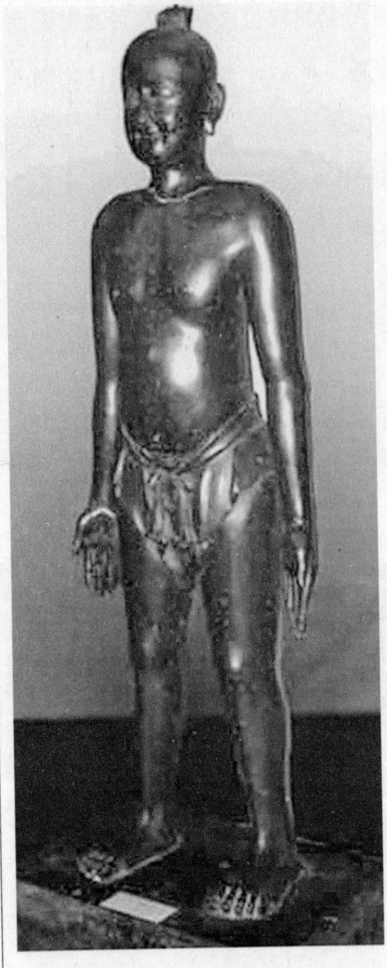

明正统仿宋针灸铜人

3.明嘉靖针灸铜人

明世宗嘉靖年间（公元1522～1566年），官方组织铸造了明嘉靖针灸铜人。该针灸铜人为实心，高93厘米，外形似一名儿童，左手拇指与中指弯曲连成一环，表明古人测量穴位的方法——“中指同身寸”，即将中指中节内侧横纹间的距离规定为一寸（参见本书“针灸取穴”一节）。该针灸铜人身上出现了枕外粗隆、脊椎棘突等解剖学上的骨骼标志及经络连线。尽管岁月让针灸铜人色泽黯淡，但其表面镂刻的经脉腧穴依旧一一可辨。穴名用错金楷体书写（错金，即用金涂饰。这里意为用金粉书写的楷体），腧穴无孔，以圆圈表示。腧穴总数六百六十五个，穴名三百五十八个。1956年，中国中医研究院将其从故宫借出并进行了仿制，仿制品现藏于中国针灸博物馆。

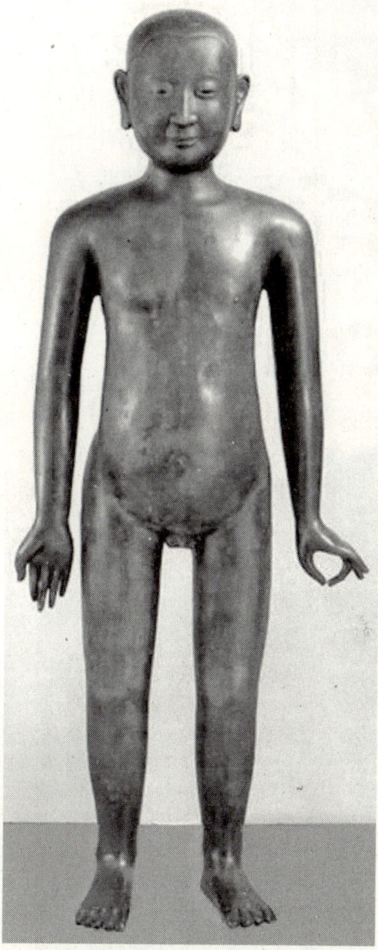

◀ 明嘉靖针灸铜人

4.清乾隆针灸铜人

清朝乾隆十年（公元1745年），清朝廷下令奖励大型医学著作《医宗金鉴》的编撰者，曾铸造了若干具小型针灸铜人作为奖品。左图中的这具针灸铜人是一名叫福海的参编人员留存的奖品。该针灸铜人高46厘米，实心，表面刻有经络线和穴位小圆孔，但无穴名。针灸铜人是一位表情慈祥的裸体老妇人，额头上布满皱纹，高高的颧骨，长长的下巴，饱满的耳垂，因脱落

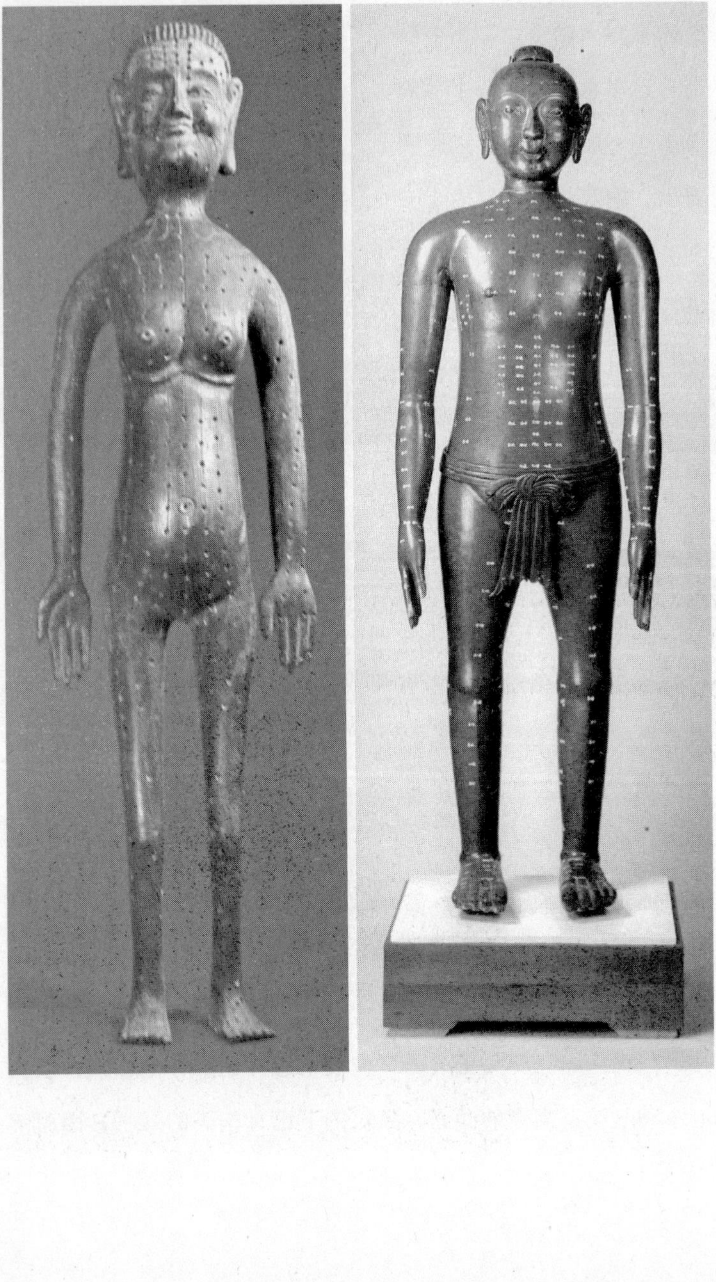

清乾隆针灸铜▶
人(左)
清光绪针灸铜
人(右)

牙齿而塌陷的嘴角流露出微笑。该针灸铜人现藏于上海中医药大学医史博物馆。

5.清光绪针灸铜人

清光绪二十八年（公元1902年），清朝太医院改建新署（位于今北京市地安门外东大街）时又铸制了一具新针灸铜人——清光绪针灸铜人（见右图）。该针灸铜人高182厘米，全身共标有三百五十七个白色穴名，穴位总数六百六十四个，穴位孔眼与体内贯通，无经络线。针灸铜人外形为一名身材高大健壮的青年男子，上身袒裸，腰下佩戴装饰，两臂自然下垂，赤足，立于长方形底座上，头顶上束有

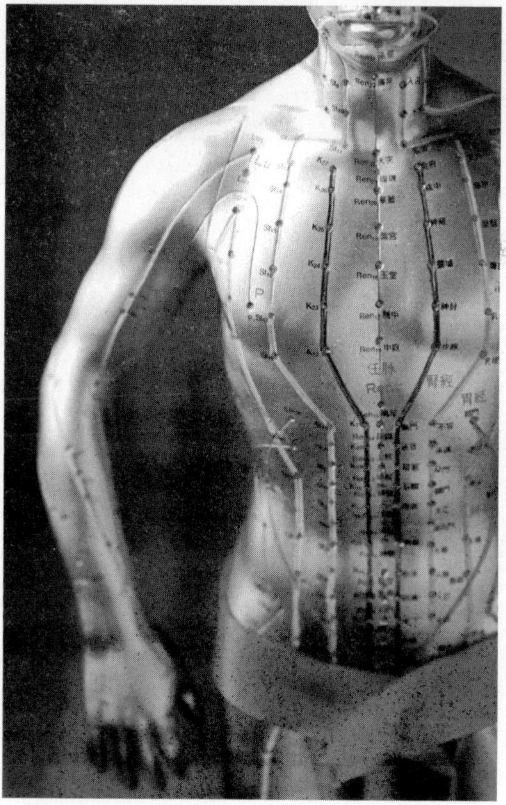

◀ 针灸铜人穴位图

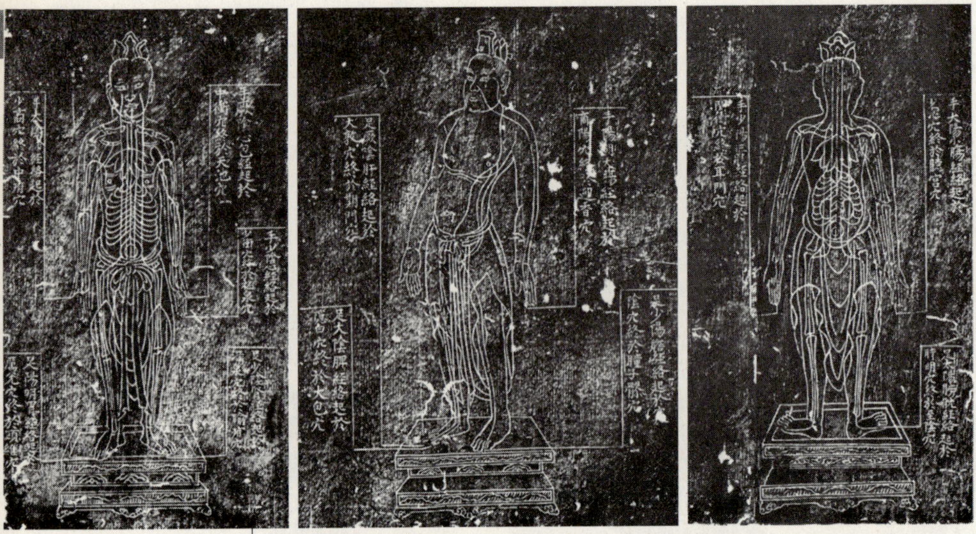

明正统石刻铜人▲经脉图

一小圆发髻，圆脸，大耳下垂，眉毛修长，略带羞涩的神态，给人以淳朴忠厚之感。该针灸铜人铸成后置于太医院的“铜神殿”，现藏于中国历史博物馆。

必须说明的是，并非所有官制针灸铜人均见诸史册，如明洪武年间（公元1368～1398年）以来，数次从中国传入日本的针灸铜人，均为中国史籍所不载。比如，现藏于日本东京国立博物馆的中国古代针灸铜人。它是由十二个断片缀合而成，计有三百六十五个穴。在中国历史上曾有多个针灸铜人传入日本，日本医史家认为今日本东京国立博物馆所珍藏的针灸铜人，是明正统以前仿照宋天圣针灸铜人制作的。

明、清两代朝廷和民间都曾铸造过若干具针灸铜人。中国现代也铸造过多具针灸铜人，或仿古代针灸铜人的仿制品。如

1956年中国中医研究院针灸研究所对清光绪针灸铜人进行了仿制。该仿制品高182厘米，现藏于中国针灸博物馆。又如南京医学院和中国中医研究院医史文献研究所合作，于1978年铸造的仿宋针灸铜人，现存于中国中医研究院医史文献研究所。该仿制品高172.5厘米，重210千克，是用青铜冶炼浇铸而成，胸背前后两面可以开合，打开后可见雕塑的脏腑器官，闭合后则全身成为一体。此外，还有一些依靠现代科技制作的针灸铜人，被用于教学。

古代针灸名医

在中国历史上，每一个朝代都涌现出许多用针灸方法治疗疾病的名医。他们用几根银针、几撮艾叶，就手到病除，因而被世代传颂。他们用毕生的精力收集、整理、总结前人的医学经验，在毕生的行医实践中创新发展，留下了大量宝贵的历史文献，为后人继承提供了基础和条件。这里分述若干位古代针灸名医。

1.针灸学鼻祖——皇甫谧

皇甫谧（mì）是安定朝那（今甘肃灵台县朝那镇）人，生于东汉末年，即公元215年，卒于西晋时期，即公元282年，活了六十八岁。

皇甫谧像 ▶

皇甫谧天资聪慧，勤奋好学，精通文史，知识广博，为世人留下许多文学作品，在中国文学史上有很大的影响。据说，皇甫谧因品格高尚，连皇帝都很敬重他，请他做官，但被他婉言回绝了。皇甫谧四十岁时因中风而半身不遂，耳朵也聋了，十分痛苦。后来，他五十四岁时又生了一场大病。在养病期间，他开始发愤研习医学，通读了各家所有的医学典籍，尤其对针灸学十分感兴趣。他采用医学典籍中的方法治愈了自己的中风症和耳聋症。在阅读当中，他发现以前的针灸书籍深奥难懂，而且错误百出。于是他通过自身的体会，摸清了人体的脉络与穴位，并结合前人的医书潜心研究，决心撰写一部关于针灸的书。当时的医书大多数用竹木简刊刻，书被视为秘宝，普通的人是不易得到的。由于得到皇帝的宠爱，他能够从皇宫里借来一车书，这些资料给了他极大的帮助。最后，他终于完成了一部理论联系实际、有重大价值的针灸学专著《针灸甲乙经》，被人们称为“中医针灸学之祖”。《针灸甲乙经》问世后，立即受到医学界的高度重视，被公认为针灸学的经典之作，被列为学医必读的古典医书之一，历代针灸学家都把这部书作为理论和临床诊治的准绳。唐代医学家王焘评述：“医人之秘宝，后之学者，宜遵用之。”晋朝以后的许多针灸学专著，大部分都是在参考此书的基础上加以发挥而撰述的，但都没有超出它的范围。至今，中国的针灸疗法，虽然在穴名上略有变动，但在原则上都以它为标准。《针灸甲乙经》不仅在中医学术史上有重要的地位，在国内受到高度重视，而且早就传播到海外，为国外医学界所推崇。

2.药王——孙思邈

孙思邈（miǎo）是京兆华原(今陕西省耀县)人，生于隋朝开皇元年，即公元581年，卒于唐朝永淳年间，即公元682年，享年一百零一岁。他自幼体弱多病，家境也很困难，但他勤奋好学，立志毕生从医。他通读了许多有关诸子百家学说和古代名医的著作，收集整理了民间的各种单方、秘方、验方和种药、采药、制药的技术，以及从国外传入的医药知识。他经常上山采药，积累了丰富的采药和制药的经验，被人尊称为“药王”。

孙思邈行医兼采众家之长，但却不拘古法。根据临床需要，他善于多种治疗方法并用，而且灵活多变，因而疗效显著。他对待患者不问其贫富贵贱，都一样尽心尽责，为穷人看病经常分文不取。他曾亲自治疗护理麻风患者达六百余人，其医德高尚令世人

鎏金孙思邈坐像▶
（明）

敬仰。他经常不辞辛劳地跋山涉水，不远千里访询民间医方，为得一方一法，不惜千金，以求真传。他不仅精于内科，而且还擅长外科、妇科、小儿科、五官科、眼科，并对食疗、针灸、预防、炼丹等都有研究，具有广博的药物学知识和精湛的针灸技术。

传说有一次，孙思邈行医途中，遇到四个人抬着一口薄棺材向郊外的荒丘走去，后面跟着哭得泪人儿似的老婆婆。孙思邈定睛细看，发现从棺材的底缝里有几滴鲜血滴落在地上，便赶紧上前询问详情。原来棺材里的人是老婆婆的独生女儿，因难产刚死不久，胎儿仍在肚子里。孙思邈听罢寻思：这个产妇可能还有救。于是，他请抬棺材的人赶紧撬开棺盖。只见产妇面色蜡黄，他伸手摸脉竟发现产妇的脉搏还有微弱的跳动。他从容地取出随身携带的银针，选准穴位，一针扎了下去，并采用捻针手法，加大力度。过了一会儿，“死去”的产妇竟然奇迹般地睁开了双眼，苏醒过来，同时产下了腹中的胎儿，婴儿发出一声声清脆的啼哭。老婆婆见孙思邈一针救了两条性命，跪地便拜，四个抬棺的人也长跪不起。从此，孙思邈能起死回生的名声传开了，被人称为“活神仙”。

孙思邈总结其毕生的治病经验于公元652年著成《备急千金要方》（简称《千金要方》，三十卷），又于公元682年著成《千金翼方》（三十卷）。他于同年去世。他将这两部书都取名“千金”，因为他一贯认为“人命至重，贵于千金，一方济之，德逾于此”。《千金要方》中收集了医方达五千三百个，《千金翼方》中也有两千多个医方。他在书中介绍了二百三十二种药物的采集方法和六百八十多种常用药材。根据史书记载，孙思邈还有许多医学专著，可

◀《孙思邈诊病图》（壁画）

《千金要方》、《千金翼方》书影

惜大多数已散佚，比如《千金养生方》、《千金髓方》等十八种。孙思邈在八十多年的行医实践中，提倡进行综合治疗，认为有些疾病必须同时应用多种疗法才能获得较好的效果，比如针、灸并重，针、药并施。他的医学思想发展了张仲景的伤寒论学说，并集唐朝以前医方之大成；他在治疗学上创用了新的医疗技术；在药物学上重视药物的种植、采集、炮制和贮藏，强调质量和产地；特别是在针灸学方面，他绘制了《彩色三人明堂图》，创孔穴（即腧穴）主对法，提倡阿是穴（参见本书“阿是穴的由来”一节）及同身寸法，对于针灸学发展有极大的促进作用。

孙思邈在中国医学史上享有崇高的地位，受到历代人民的热爱和拥戴。他死后，人民为他立碑，设立“药王庙”，以祭祀和纪念这位先贤。至今他的家乡陕西耀县孙家塬还保留有孙氏祠堂，内有孙氏塑像。耀县药王山有药王庙、拜真台、洗药池、太玄洞等。

3.王焘与《外台秘要》

在孙思邈的《千金要方》问世后一个世纪，公元752年，唐朝又刊行了一部医学名著，它就是王焘所著的《外台秘要》。此书比《千金要方》晚了一百年，所以药方更多，名类更齐全。

王焘是唐朝宰相王珪的孙子，郿县（今陕西省眉县）人，生于公元670年，卒于公元755年。他幼年身体瘦弱，经常患病，长大后逐渐对医学产生了兴趣。后

◀ 王焘画像(清)

来因其母亲患病，他长期精心照看护理，并遍访名医，遍查医著，寻找良方。为了给母亲治病，他发愤攻读医学，逐步掌握了大量的医学知识。王焘曾任徐州司马、邺郡太守等要职，在台阁二十年。为了有机会通览医书，经过多方努力，他被调去掌管弘文馆（相当于全国的图书中心）。那里有大量的医学名著。他凭借自己广博的医药学知识和大量的医学资料，倾注了半生心血，终于编成了《外台秘要》。王焘因其曾出守在外多年，故将其所著之书以“外台”命名。该书共四十卷（书中第三十九卷为明堂灸法），分编一千一百零四门类（据现存本，核实有一千零四十八门类，似有佚失），书中引用了唐朝以前的医籍达六十多部，几乎包括所有医学家遗留下来的著作；引用了各家著述二千八百余条，收载医方六千余例。书中博采名家方论甚多，不少早已散佚的医药著作及名家医方，均由于此书的选录而被保存下来，不少医家将此书与《千金要方》相提并论。所以唐朝以后历代医学家都很推崇这部著作，多次上书各朝皇帝，要求重新刊印校订，以致此书版本甚多。《外台秘要》被历代医家称为“世宝”，医学界一直有“不观《外台》方，不读《千金》论，则医人所见不广，用药不神”的说法。

王焘对针灸术有很深的研究，如对白内障的临床表现，在当时已作了全面论述，而且还分别详细地叙述了先天性白内障和外伤性白内障。他所描述的金针拨障术，是中国最早的专科系统记载。

4.针灸穴位统一标准的创始人——王惟一

王惟一生于公元987年，卒于公元1067年，是宋代杰出的针灸学家和医学教育家。他小时候患了一种几乎致命的大病，后来用针灸治好了，从此他就专攻中医药和针灸术，成为著名的中医学家。后来，他被选进宫中做了“尚药御”，也就是皇帝的医官。他一生致力于针灸学的文献研究和整理工作，尤其对皇甫谧的《针灸甲乙经》很有研究，且在学术上受其影响颇深。

宋朝时，医学教育得到了很大的发展，再加上人们发明了雕版和活字印刷术，再也不用将文字书写在帛上或者雕刻在竹简上了，因此整理和出版了很多种医学书籍。那时候，针灸学非常盛行，所以针灸医书也出现了很多种版本。王惟一在钻研针灸穴位时，发现各种书籍中有不少说法不一或者错误的地方。他认为如果不制定统一的穴位标准，将有害人命。于是他上书皇帝，请求编绘规范的针灸图谱和铸造标有十二经循行路线及

◀ 王惟一画像

穴位的针灸铜人，以统一针灸诸家之说。他得到御旨后，对历代腧穴定位作了校勘考证，统一了十二经脉和任、督二脉的腧穴归经，将十二经脉及三百五十四个穴位用直观的方法记录和描绘出来，并注有穴位名称，绘制成图。公元1026年，他完成了《铜人腧穴针灸图经》，全书共三卷。

为了让人体针灸穴位标识更加直观，便于人们学习和研究，王惟一又领旨铸造针灸腧穴铜人模型。他亲自设计针灸铜人，从塑胚、制模以及铸造的全部过程，都和工匠们生活在一起，工作在一起，攻克了无数技术难关，终于在公元1027年铸成了两具针灸铜人。这两具针灸铜人，一具放在朝廷医官院，另一具放置在京城相国寺。

王惟一对针灸医学的贡献除了撰写《铜人腧穴针灸图经》和铸造针灸铜人之外，还将《铜人腧穴针灸图经》刻于石碑上。据说，皇上宋仁宗阅过《铜人腧穴针灸图经》后非常高兴，又下了一道命令：御编图经已经完成，把它刻在石上，以便传给后代。于是，王惟一又组织人将图经刻在石碑上。这块经刻石后来被嵌入相国寺内“针灸图石壁堂”的后墙壁上。

十分可惜的是，经刻石由于岁月的侵蚀变得模糊不清，在明正统十年（公元1445年）修筑北京城墙时，竟被人劈毁，充当了修城墙的石料，埋在明代城墙之下。1965～1971年间，北京市文物管理处在考古发掘中，陆续发现《铜人腧穴针灸图经》残碑五方，经专家确认，是宋代相国寺“针灸图石壁堂”

的遗物。1983年4月，在北京朝阳门南雅宝路东口附近，人们又发现一方残碑和一件仿木结构碑檐转角石雕。此残碑为青石质，呈长方形，高200厘米，宽52厘米，厚26.7厘米。上部和下部边缘刻有缠枝牡丹花边栏。自上而下残存刻书五栏，每栏之间隔以卷草花栏格。碑面阴刻楷书，字体工整清晰。栏内自右向左竖行刻文十九行，满行十三字，现残存七百八十四个字。此刻石上的内容属《铜人腧穴针灸图经》“腧穴都数”卷。在该刻石的左侧面上部有阴刻“西四”二字，这是西面第

◀《铜人腧穴针灸图经》残碑

四块石刻的标记。现在这些宋朝《铜人腧穴针灸图经》残碑被分别陈列在中国历史博物馆、首都博物馆、北京石刻艺术博物馆内，它们为研究中国医学史及针灸学史提供了珍贵的实物资料。

5. “三针而愈”的神医——杨继洲

杨继洲，浙江三衢（衢，音qú，今浙江省衢县南六都杨村）人，大约生于公元1522年，卒于公元1620年，是明朝著名的针灸医家，享有“三针而愈”之美称。他的祖父是明代太医，声望很高，家中珍藏了很多医书和抄籍本。杨继洲从小耳濡目染，立志学医，尤其致力于针灸学的研究。他年幼时专心读书，博闻强识，博览群书，通晓各家学说。由于他的医术高超，后来被选入朝中做皇帝的侍医，在太医院任职。杨继洲一生行医四十多年，临床经验丰富，尤其精通针灸，治病时常常针、药并施。他曾经汇编成《卫生针灸玄机秘要》（共三卷）一书，但未刊行。

杨继洲像 ▶

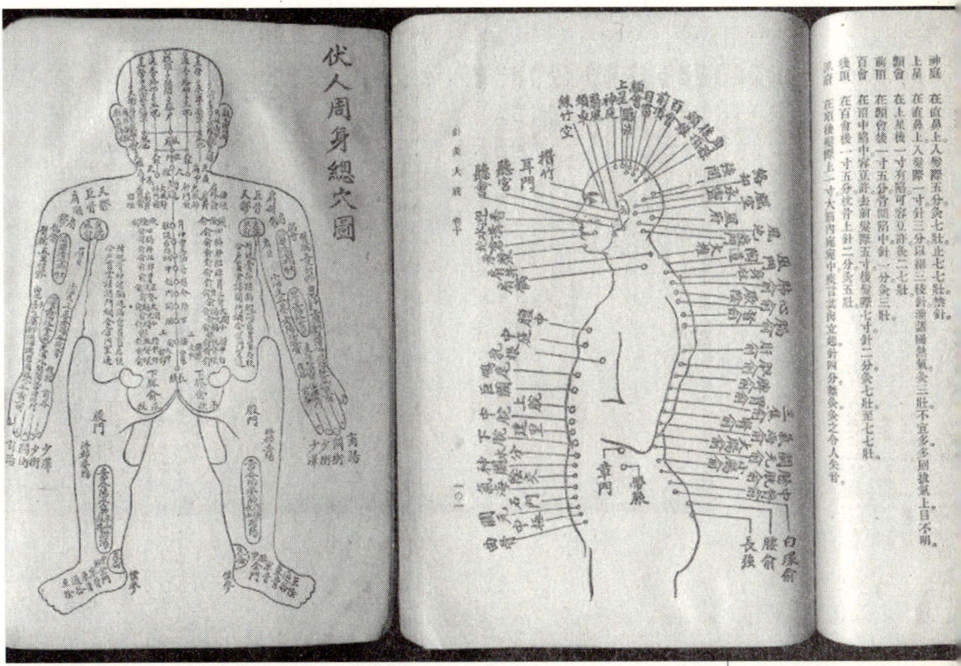

▲《针灸大成》书影（明·杨继洲）

传说有一次，山西监察御史赵文炳患了痿痹之疾，多方诊治，屡治不愈，邀杨继洲去山西诊治，结果杨继洲仅仅用针刺了三针，赵文炳的病就痊愈了。赵文炳得知杨继洲编写的《卫生针灸玄机秘要》一书一直未能刊行，为了答谢杨继洲，他决定帮助杨继洲将这本书付梓出版，并委托人进行选辑校正。杨继洲在《卫生针灸玄机秘要》的基础上，又查阅了历代二十多种针灸著作，呕心沥血，终于以“针灸大成”为书名完成了他的针灸著作。该书于公元1579年开始刊刻，至公元1601年才刊行问世，历经二十二年。

《针灸大成》▶

《针灸大成》将明朝以前重要医学著作中凡有关针灸的内容都汇集起来，特别是收载了众多的针灸歌赋；重新考订了穴位的名称和位置，并附以全身图谱和局部图谱；整理归纳了历代针灸的操作手法，对于针刺补泻手法、禁针、禁灸穴位等都有详细的论述；记载了各种病症的配穴处方和治疗验案。作者除了总结中国针灸历代的主要学术经验之外，还记述了不少他自己在临床治疗中颇有心得的医案，供阅读者参考评述。全书内容广博，是继皇甫谧《针灸甲乙经》之后的又一部针灸学巨著。

该书自刊行以后，平均不到十年就出现一种版本，其翻刻次数之多，流传之广，影响之大，声誉之著，实属罕见，是广受欢迎、知名度很高的针灸学专著之一。该书不仅受到国内学术界的重视，而且在国外也有很大的影响，至今已有五十种左右的版本，并有日、法、德文等多种译本。《针灸大成》的问世，标志着中国古代针灸学已经发展到了相当成熟的阶段，后人在论述针灸学时，大多将《针灸大成》作为最重要的参考书，这与该书的学术成就、所处的历史地位以及其对于针灸学发展所作出的巨大贡献是分不开的。

6．“仲景再生”——张景岳

张景岳，名字叫张介宾，“景岳”是他的号（古人除了有姓名外，还有字号，这是一种固定的别名，又称“别号”。封建社会的中上层人物，特别是文人，往往以住地和志趣等为自己取号）。他是会稽（今浙江绍兴市）人，生于公元1563年，卒于公元1640年，终年七十八岁。他是明末著名医家和针灸学家。

◀ 张景岳画像

张景岳的祖上曾是武将，为国家立过赫赫

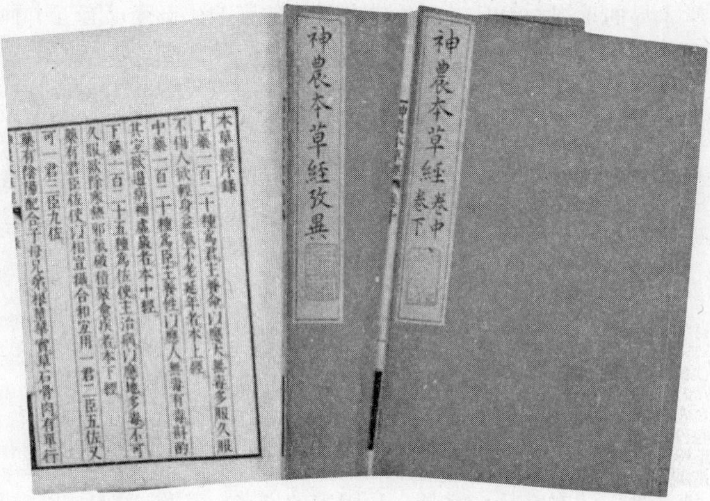

《神农本草经》▶
书影

战功，家境十分富裕。他从小喜爱读书，广泛阅读了大量经典著作，通晓易理、天文、道学、音律、兵法之学，并随从父亲学习医学知识，十四岁时跟随父亲来到北京，师从京城名医，医术提高很快。成年后，他曾世袭官位，从军作战，但并无战功，最终放弃了追求功利之心，回家潜心研究医道，从事临床诊疗，著书立说。由于他医术高明，很快便名声远扬，求诊者络绎不绝，被人誉为“仲景再生”。

张景岳对古代医术钻研深透，善于辨证论治，因而诊断准确，用药精当。他强调治病贵在精一，认为医生用药犹如用兵。史籍中有一个故事充分说明了这一道理。相传，有一户人家的儿子刚满周岁，有一天，母亲随手拿了一枚钉鞋的圆铁钉给孩子玩，孩子将铁钉塞入口中，卡在喉间，情况十分危急，孩子的父母亲连呼救命。恰好张景岳路过，他仔细查看后断定铁钉已入肠胃，孩子的父母亲被吓得六神无主，连声哀求张景岳救儿子一命。张景岳记起《神农本草经》上有“铁畏朴硝”的记述，便将活磁石一钱、朴硝二钱研成细末，然后用熟猪油、蜂蜜调好，让孩子服下。不一会儿，孩子泻下一物，像个芋头，光滑圆润。张景岳拨开一看，里面包着的正是误吞下的那枚铁钉！孩子的父母亲感激不已，连忙请教其中的奥秘。张景岳解释说，孩子服下的是芒硝、磁石、猪油、蜜糖四味药。其中的磁石有吸铁作用，有了能吸铁的磁石，芒硝才可能附着在铁钉上；芒硝有泻下的作用，如果没有芒硝，铁钉就泻不下来；而猪油与蜂蜜的作用在于润滑肠道，并裹护着铁钉从肠道中排出，避免肠胃划伤。蜂蜜还是孩子喜欢吃的食物。以上四药相互联系，同功合力，缺一不可。孩子的父母亲及围观的众人恍然大悟，不禁为张景岳的用药思想所叹服。

张景岳对古代各类医书进行了深入地研究，特别是对《内经》研习近三十年。他认为《内经》是医学的至高经典，学医者必读。但《内经》“经文奥衍，研阅诚难”，确有注释的必要。他根据个人行医的经验和体会，以类分门，于公元1624年撰成《类经》三十二卷。此书，出版后盛行于世，影响颇大，被称为“海内奇书”。《四库全书总目提要》记载，《类经》条理井然，易于寻览，其注亦颇有发明。关于针灸学理论和实践的总结，主要见于他后来编撰的《类经图翼》十一卷中。该书广泛收集前人对经络、腧穴及临床灸法的论述，以及针灸歌赋，系统地论述了脏腑、骨度部位、十二经脉的起止、主治诸症的经穴及其他有关针灸技艺等内容，并能采用图谱、歌诀的形式进行形象地阐述，便于后学者记忆。其中针灸经络腧穴图表多达七十九幅。随后，他又完成了《类经附翼》四卷，书中探讨了易理、古代音律与医理的关系，提出了“医易同源”的原理，以及温补的学术思想。总之，张景岳在《类经》、《类经图翼》和《类经附翼》中，对针灸学的理论既进行了系统的总结与继承，又有所创新与发挥。

张景岳晚年集自己的学术思想，临床各科、方药、针灸之

《类经》书影 ▶

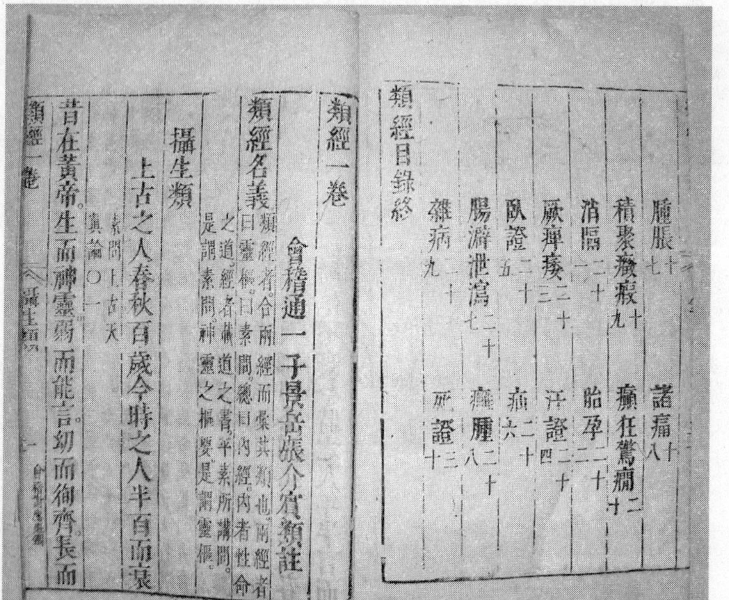
類經目錄終

類經一卷

會稽通一子景岳張介賓類註

類經名義

攝生類

上古之人春秋百歲今時之人半百而衰

昔在黃帝生而神靈弱而能言幼而徇齊長而

大成，辑成《景岳全书》六十四卷，成书于其卒年公元1640年。《景岳全书》内容丰富，囊括了理论、本草、成方、临床各科疾病，是一部全面而又系统的中医临床参考书。张景岳的学术成就是巨大的，对祖国医学的发展作出了卓越的贡献，《浙江通志》中说："医学至景岳而无余蕴"，《会稽县志》也赞其为"医术中杰士也"。

7.清代国家医书总修官——吴谦

吴谦是清朝安徽歙（shè）县人，生于公元1689年，卒于公元1759年，享年七十岁。他精通医学各科，临床上尤其以伤科见长，早年曾拜十余位民间伤科医师为师，学到了不少独门秘技，成为疗伤整骨的一代圣手。作为清朝名医，在乾隆年间（公元1736～1795年）为太医院院判（官职），也就是侍奉皇帝的御医。史书曾记载：公元1740年的早春二月，乾隆皇帝患了感冒，吴谦等御医"敬谨调理，甚属勤劳……且奏效甚速"，

◀ 吴谦像

《医宗金鉴》书影▶

使乾隆皇帝很快痊愈了。因此，吴谦等人受到了嘉奖。在为宫廷服务期间，吴谦多次受到这样的恩赏。

公元1739年，也就是乾隆皇帝在位第四年，乾隆皇帝诏令太医院编纂医书，提出："尔等衙门该修医书，以正医学"，命吴谦等为总修官（相当于主编）。为保证医书的质量，乾隆皇帝还选派有真知灼见、精通医学、兼通文理的学者共同编纂，设纂修官十四人，副纂修官十二人，此外，还有审校官、誊录官等人员，共七十余人参加了编纂工作。编纂过程中，不仅选用了宫内所藏医书，还广泛征集天下新旧医籍、家藏秘籍和传世良方。公元1742年，《医宗金鉴》纂修完成，共九十卷。乾隆皇帝赐其书名为《医宗金鉴》，并御赐编纂者每人一部书、一具小型针灸铜人作为奖品。自公元1749年起，清太医院将《医宗金鉴》定为医学生教科书，这部书还广泛流传于民间。

吴谦等所编纂的《医宗金鉴》，注重于实用，并且图、文、方、论齐备，对于临床很适用的内容则附以歌赋，便于初学者记诵，是较系统的由官方主持编写的教材。其中的《医宗金鉴·刺灸心法要诀》是后人研习针灸学的实用教材。

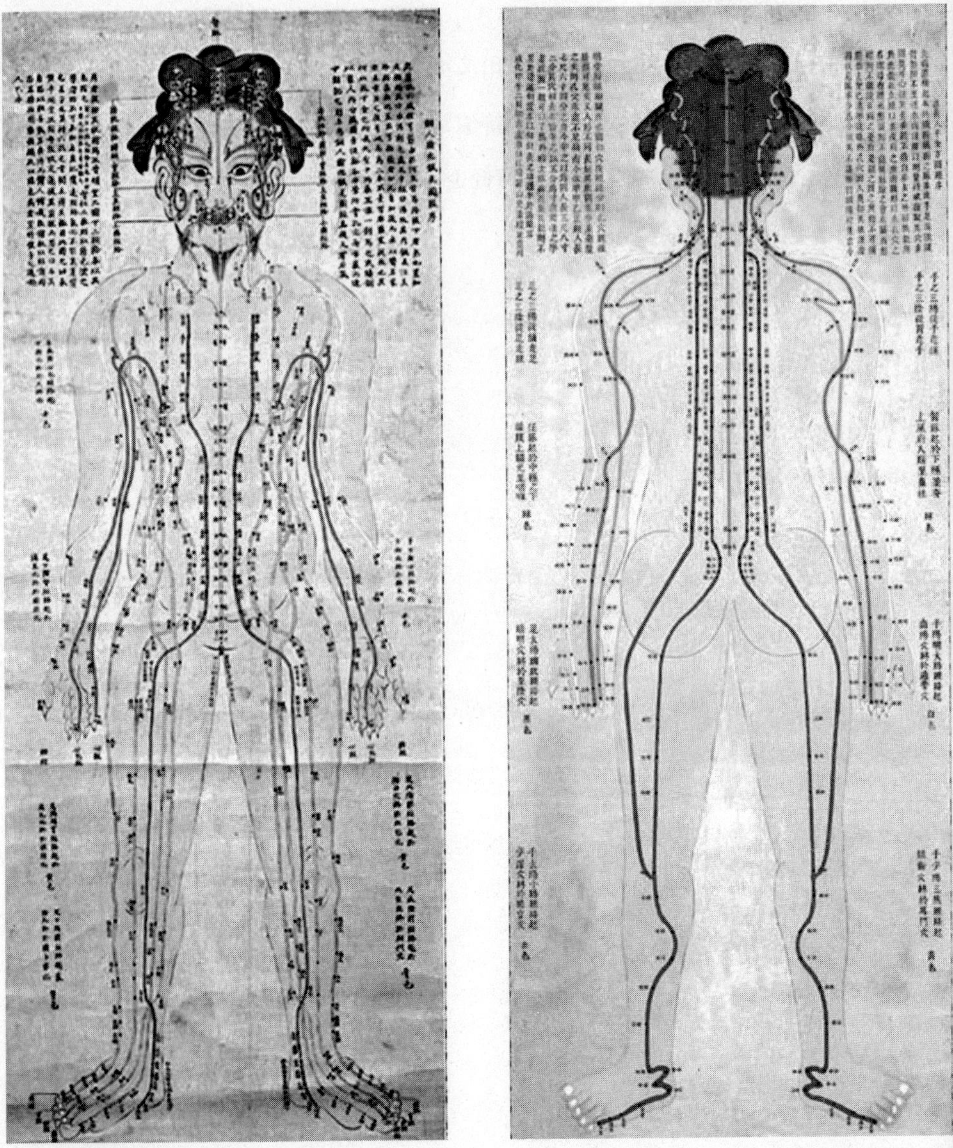

■ 《明成化史素铜人图》

针 与 灸

针灸是针法和灸法的合称，是在经络、腧穴理论指导下，借助一定的器具，通过物理或化学方式刺激人体穴位，使人体的机能恢复平衡的医疗手段。

针和灸，不是一回事

针法，也称“刺法”。它与灸法是两种不同的治疗方法。针法是采用不同的针具，通过实施一定的手法，刺激人体的经络腧穴，以达到激发经气，调整人体机能的目的。其所用工具为针，使用方法为刺，以手法变化来达到不同的效果。灸法则是采用艾绒（将艾叶捣碎制成）或其他药物，点燃后在人体皮肤上进行烧灼或熏烤，借助于药物的温热刺激，以温通气血来达到调整机体的作用。二者虽然所用器材和操作方法不同，但

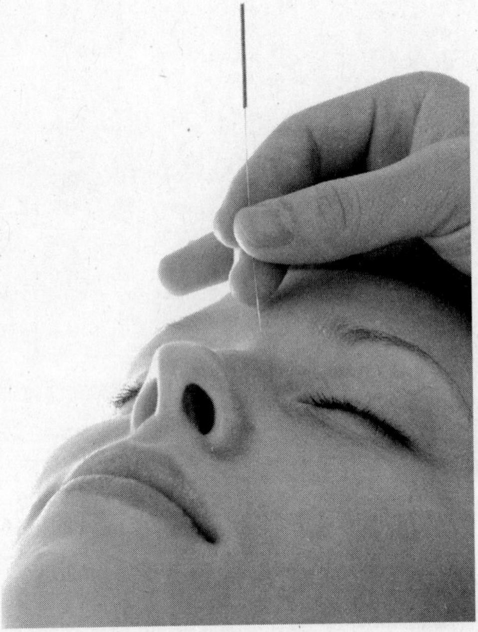

机理作用与治疗作用有相近之处，同属于外治法，都是通过腧穴，刺激经络、脏腑，以调整人体阴阳。二者有着相辅相成的作用，故合称为“针灸”。采用针灸方法治疗，首先要按照中医的诊疗方法诊断出病因，找出产生疾病的关键，辨别疾病的性质，确定病变属于哪一条经脉，哪一个脏腑，辨明它是属于表里、寒热、虚实中哪一种类型，作出诊断，然后确定相应的配穴处方，进行治疗。临床上多数疾病可以用针刺治疗，但某些疾病如出血性疾病，就不宜用针刺治疗，用灸法治疗则会有很好的效果。

将针刺入皮下一定深度后进行捻、转、提、插等手法，使患者产生针感的过程叫做“行针”。行针时人会产生一些反应或感觉，比如酸、麻、重、胀以及酸痛、重痛、胀痛的感觉，有些人还会有虫行、触电、局部跳痛、颤动等感觉，这就是针感，中医称之为“得气”。如果医生针下有沉紧的感觉也是得气。但是如果针刺后患者和医生都没有感觉则说明没有得气，那么治疗效果就不好。在行针之后，根据患者不同的病症，有时需要把针留在体内，称为“留针”。留针通常可以保留十至二十分钟，对于胃痉挛、胆绞痛等患者，留针时间可以长一些，以便更好地缓解疼痛，维持疗效，防止复发。一般的病症可以不留针，“得气”之后就可以出针。

灸法，中医学认为，它有温阳补气、温经通络、消瘀散结、补中益气的作用。它可以广泛用于内科、外科、妇科、儿科、五官科疾病，尤其对乳腺炎、前列腺炎、肩周炎、盆腔炎、颈椎病、糖尿病等有特效。灸法还有养生保健、预防疾病、延年益寿的作用。在灸治过程中，通常将艾叶进行燃烧，

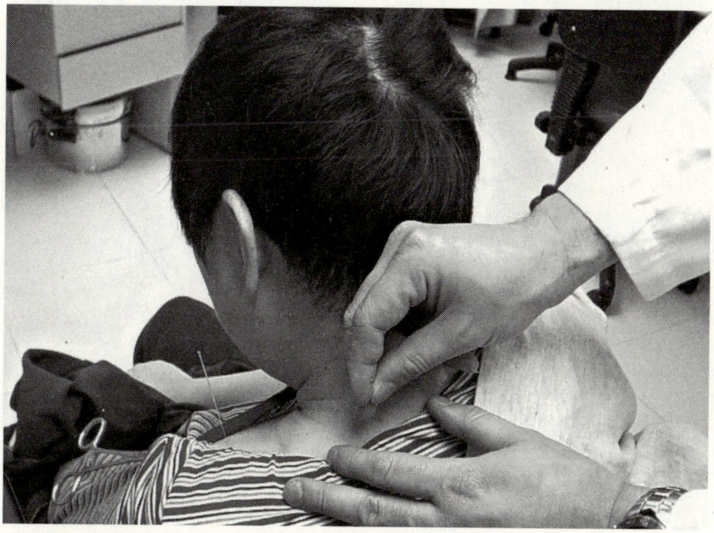

◀ 针灸

其药性可以通过体表穴位进入体内，渗透诸经；也可以通过呼吸进入机体，通经活络、醒脑安神；还可以直接杀灭位于体表的外邪，起到扶正驱邪治疗局部病变和预防疾病的作用。研究结果证实，艾属温性，其味芳香，燃烧艾叶时可产生具有治疗作用的化学物质，有抗氧化并清除自由基的功效。艾叶燃烧生成的甲醇提取物，其清除自由基的作用比未燃烧艾叶的甲醇提取物作用更强。艾叶在燃烧的过程中，其有效药物成分不仅没有被破坏，反而会有所增强。此外，在燃烧艾叶时会产生很强的热效应，这种物理作用是产生治疗效果的重要因素，也就是说，灸法燃烧产生的温热作用恰到好处地作用于人体的穴位，不仅影响穴位表层，还能通过穴位深入体内，影响到经气，渗

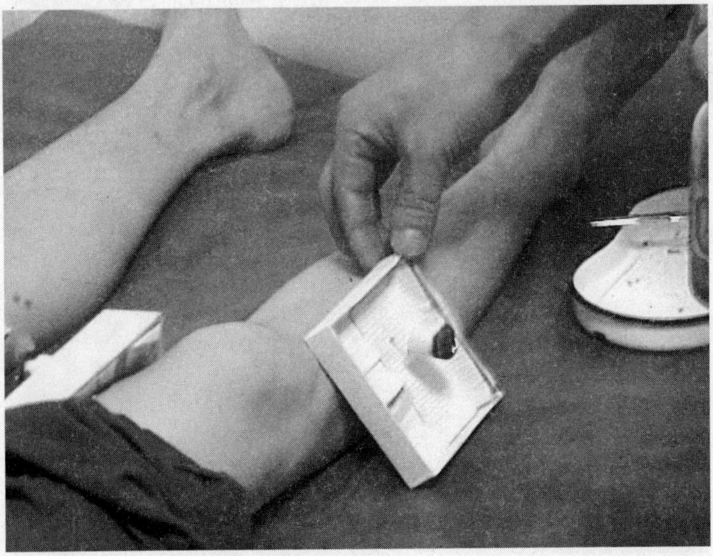

◀ 灸具盒(清)

透筋骨、脏腑以至全身，发挥整体调节作用，从而治疗多种疾病。随着灸法的临床应用，灸法治疗疾病的范围早已超出了因为寒冷引起的疾病的范围，可以广泛用于临床各科，包括寒、热、虚、实诸证，同时具有预防保健作用。根据物理学的原理，任何物体都可以发射红外线和吸收红外线，人体也不例外。现代科技发现，近红外线可以刺激人体穴位，还可以通过

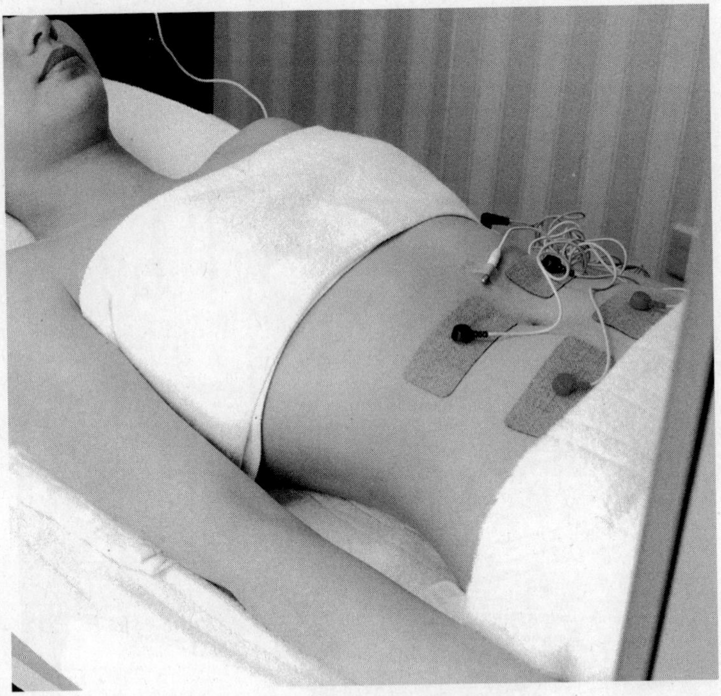

神经系统和体液循环传递人体细胞所需要的能量。总之，灸法产生的热效应能通过经络系统，送至病灶产生“综合效应”，再到达病位和全身，并很快地发挥治疗作用。

灸的作用十分奇特。据说，公元1522年明朝时江苏海宁县有一名八十七岁的老海盗。这个老海盗长年颠簸于海上，抢夺财物，奸淫妇女，罪行累累。当地官府将他捉拿归案时，官吏见他红光满面，精神矍(jué)铄，就问他为什么身体这样强壮。他回答说：“反正我也活够了，索性把我‘养生’的秘诀说出来吧。”原来，这个老海盗从年轻时起，坚持每天用灸法在自己肚脐下的“气海”穴进行灸疗，几十年从未间断。审问他的官吏不相信，当这个老海盗被执行死刑后，官吏发现老海盗的肚脐眼下部，也就是在“气海”穴位附近的肌肉非常坚硬。这就是用“灸”的疗法常年灸出来的。这段故事曾记载在当时的医学著作中。

针和灸的作用主要有三个方面：首先是镇痛作用。针灸对于头痛、颈肩痛、咽喉肿痛、腰痛、坐骨神经痛、胃脘痛等都有很好的疗效。其次是对人体各系统功能有调整作用。对于阴阳失衡、功能亢进或功能低下的疾病，都可以通过针灸来使人体脏腑达到阴阳平衡。比如，高血压病、急性胃肠炎、胃痉挛、习惯性便秘等，都可以通过针灸治疗得到恢复。第三是预防免疫作用。通过针灸治疗能够预防疾病，提高机体的免疫力。

针、灸结合疗效好

针法和灸法可以分别治疗疾病，可是在必要的时候，结合起来会起到互补的作用，效果更好。尽管二者都是通过刺激穴位产生效果，但是由于所取的穴位不同，部位不同，刺激强度不同，感应性质不同，疗效原理不同而出现差异。其中，针法起到对穴位、经脉的良性刺激作用；灸法起到温暖、协调和疏通的作用。比如，针法通过不同的手法施治，具有补或泻的作用；灸法以温热刺激为主，尤适于寒证、虚证。针法几乎适合于所有穴位，是临床治疗必不可少的治疗手段，但是有些虚证、寒性、气血凝滞性疾病单用针刺并不能取得很好的疗效，而改用艾灸却能收到奇效。这就是中国古代医书中所说的“针所不为，灸之所宜”的道理。

北京中医医院针灸科有这样一个病例。有一位名叫乔治·让·海蒙的法国女士，因患有痛风病，行走十分困难，每到冬季或阴雨天，两腿疼痛加重。她四处求医，但疗效不佳。

针麻手术 ▶

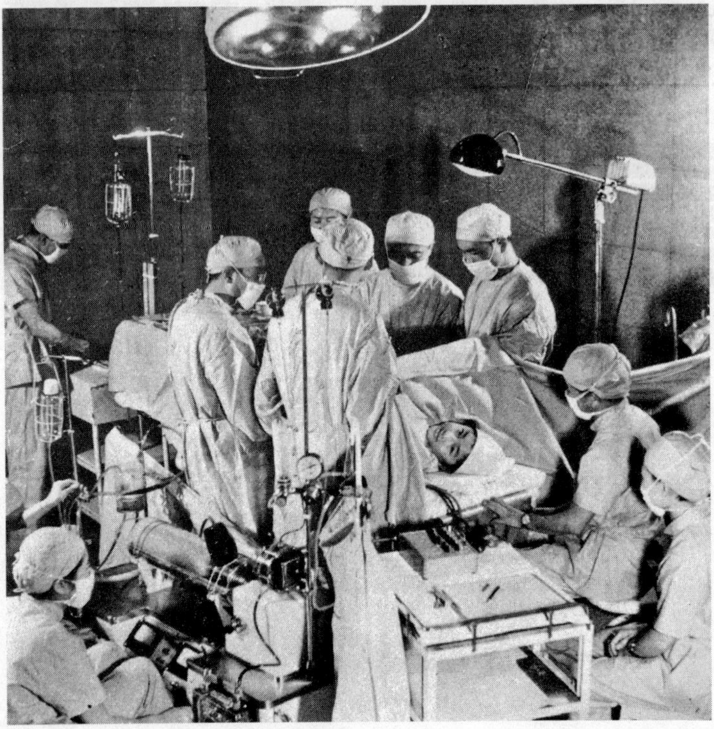

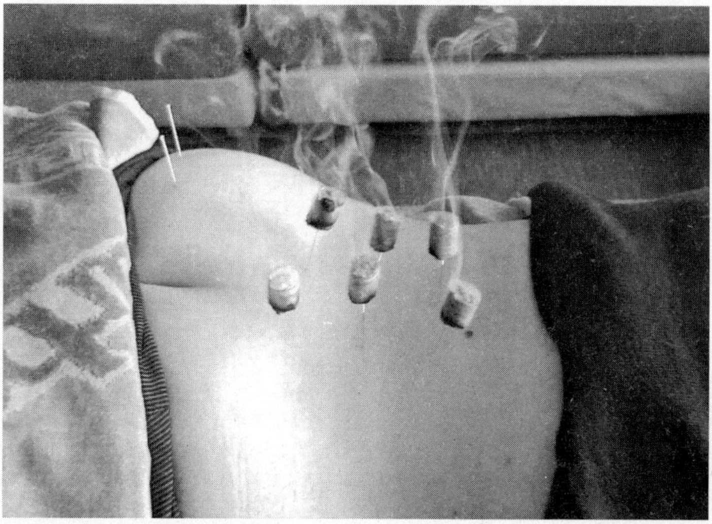

◀ 针灸疗法

后来，经人介绍，她来到一家中国人在巴黎近郊开设的针灸诊所接受针疗，经过一个多月的针刺治疗，她感觉症状有所减轻，但是疗效不稳定，时好时坏，而且腿还痛。海蒙女士决定去中国求治。她于1997年8月参加了一个赴中国的旅游团。因为腿痛，她来到北京中医医院，见到一位姓贺的老针灸大夫。贺大夫了解到这位不远万里到中国求治的法国女士的症状后，第一步采取针刺治疗，他果断地用银针在酒精灯上烧红消毒，随即迅速扎进法国女士的膝盖两侧的穴位中。之后，他又采取了“灸”的方法。这位法国女士在“灸”的药物香气中睡着了。醒来后，她试着下地，感觉两腿竟一点儿也不痛了。从此，她对中国针灸的疗效深信不疑。

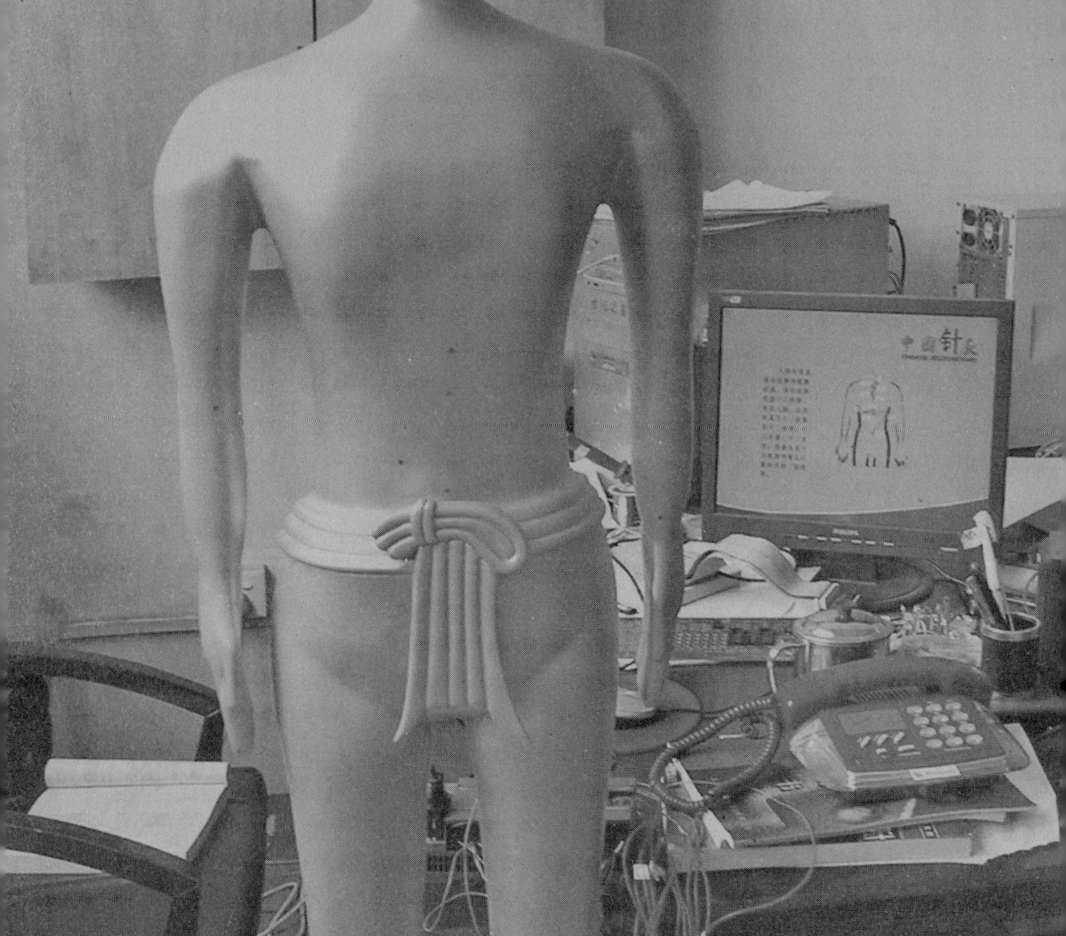

古代针灸疗法与现代科学相结合

经络和穴位

《黄帝内经》的《灵枢·脉经》中记载：“经脉者，所以能决死生，处百病，调虚实，不可不通。”可见经络疏通对人体健康的重要性。这里用一幅复杂的电路线路图来形象地比喻人体的经络和穴位，以及它们之间的关系。大家也许都见过由各种导线密密麻麻地交织在一起的线路图，人体的无数条经络好比粗细不同的电路交织、遍布全身。而人体中数百个穴位又好比是电路开关。只有打开开关，电流才能通过，也就是说，只有穴位通畅，气血才能在经络中运行。如果人体的某个部位出现疼痛或异常症状，就应该检查这个部位的经络是否堵塞了，用针灸的方法疏通，穴位开关打开了，气血运行了，病症就会随之消失。

中医的经络学说研究人体经络系统的循行分布、生理功能、病理变化及其与脏腑的相互关系。人体的生命活动决定于

人体穴位图

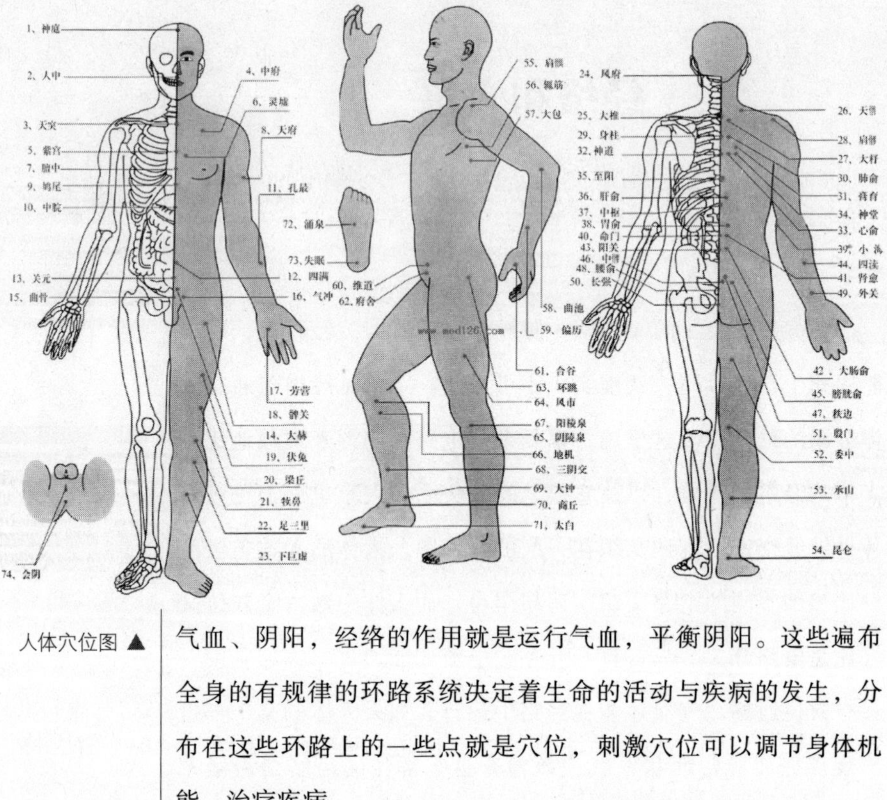

人体穴位图 ▲

气血、阴阳，经络的作用就是运行气血，平衡阴阳。这些遍布全身的有规律的环路系统决定着生命的活动与疾病的发生，分布在这些环路上的一些点就是穴位，刺激穴位可以调节身体机能、治疗疾病。

经　络

中医的经络，是指联系全身、运行气血的通路，它们纵横

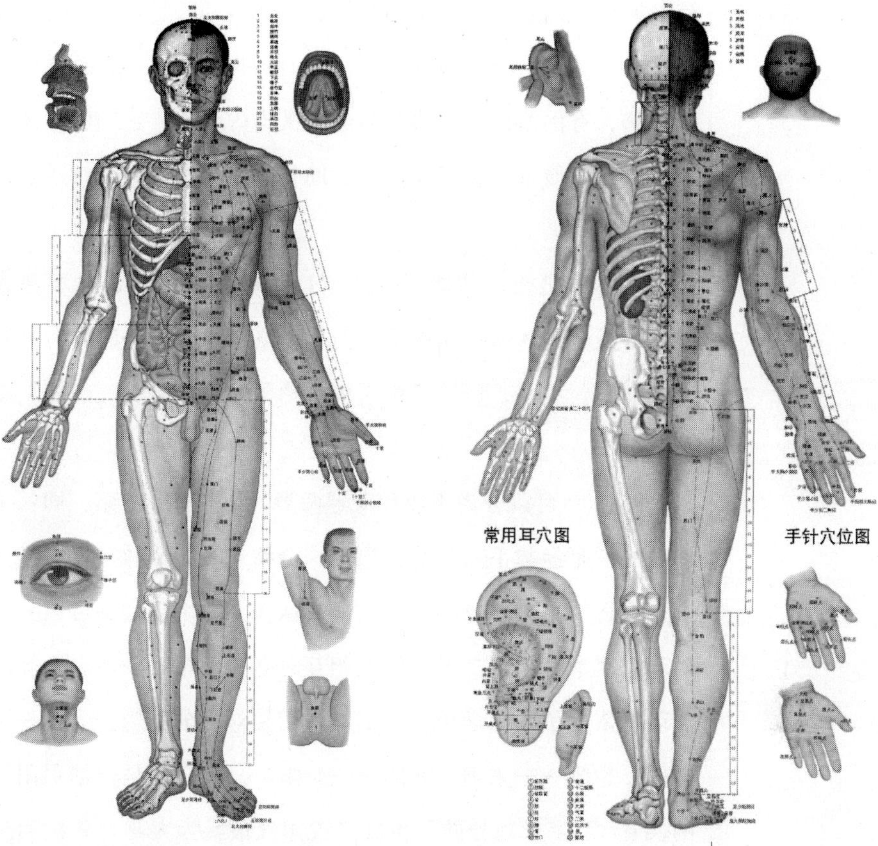

▲ 人体经络图

交叉，循行于人体内外，组成了一个有机联系的系统。经络，是“经脉”和“络脉”的总称。中国古人发现人的身体里布满了像蜘蛛网一样纵向和横向交织密集的“线路”，他们把纵贯全身的路线称为“经脉”；又发现这些大干线上有许多分支，在分支上又有更细小的分支，他们把这些分支称为“络脉”。

经，有路径之意。经脉贯通上下，沟通内外，是经络系统中纵行的主干。经脉大多循行于人体的深部，且有一定的循行部位。络，有网络之意。络脉是经脉叉出的分支，它们将人体所有的脏腑、肢节、官窍及皮肉、筋骨等组织紧密地联结成统一的有机整体。

人体的机能、功能活动之所以能够协调统一，主要是通过经络系统的联络作用而实现的。经络对内连接腑脏，对外联络于筋肉、皮肤，所以经络系统包括了经脉、络脉、经筋、皮部。

经脉　可以分为正经和奇经两类。正经有十二条，即：手和足的三阴经与手和足的三阳经，合称“十二经脉”，它们是气血运行的主要通道。中国古代人认为，一切事物都可以分为阴和阳两个方面，二者之间既相互对立，又相互联系。经脉的命名就依据了阴阳学说。三阴与三阳相对，分别为：太阴——阳明、少阴——太阳、厥阴——少阳。三阴三阳是根据阴阳气的盛衰(多少)来划分的，也就是说阴气最盛为太阴，其次为少阴，再次为厥阴；阳气最盛为阳明，其次为太阳，再次为少阳。它们具体分布于人体上肢内侧的为手三阴(分别是手太阴、手少阴、手厥阴)，上肢外侧的为手三阳(分别是手阳明、手太阳、手少阳)；分布于下肢内侧的为足三阴(分别是足太阴、足少阴、足厥阴)，下肢外侧的为足三阳(分别是足阳明、足太阳、足少阳)。古人依据十二经脉的走向，分别命名为：

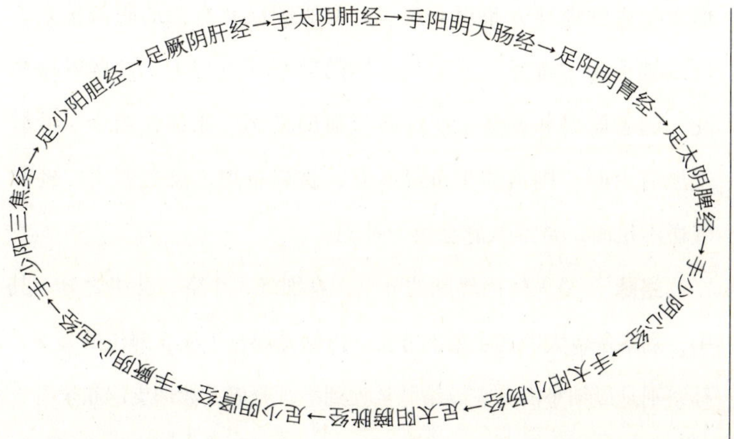

十二经脉就是这样一个上下连接的传输系统。气血通过经脉内至脏腑，外达肌表，营运全身。其循序的路线是：从手太阴肺经开始，依次传至手阳明大肠经→足阳明胃经→足太阴脾经→手少阴心经→手太阳小肠经→足太阳膀胱经→足少阴肾经→手厥阴心包经→手少阳三焦经→足少阳胆经→足厥阴肝经→再回到手太阴肺经。手三阴经和足三阴经分布于四肢内侧和胸腹，手三阳经和足三阳经分布于四肢外侧和头面、躯干。十二经脉就是这样按照循行部位和交接顺序，沿着肢体的分布和走向有规律地运行，比如，手的三阴经从胸走手，在手指末端交手三阳经；手的三阳经从手走头，在头面部交足三阳经；足三阳经从头走足，在足趾末端交足三阴经；足的三阴经从足走腹，在胸、腹腔交手三阴经。

除了十二经脉，人体还有八条经脉，即：督脉、任脉、冲脉、带脉、阴跷脉、阳跷脉、阴维脉、阳维脉。由于它们不像十二经脉那样分布得有规律，与脏腑没有直接的附属关系，所以被称为“奇经”。奇经八脉的分布部位与十二经脉纵横交互，起着联络和调节十二经脉气血的作用。比如，当十二经脉气血有余时，则流注于奇经八脉，蓄以备用；反之当十二经脉气血不足时，奇经八脉会给予补充。

络脉　是人体内经脉的分支，有别络、浮络、孙络之分。其中，别络是较大的和主要的分支，浮络是浮行于浅表部位的分支，孙络则是最细小的分支。络脉从大到小，分成无数细支遍布全身，将气血渗透到人体各部位及组织中去，这样就使在经络中运行的气血，由线状流行扩展为面状弥散，对于整体起营养作用。

十二经脉各有一条别络，它与任脉（行于腹面正中线）、督脉（行于背部正中线）别络，再加上脾的大络，合称“十五别络”。在十五别络中，十二经脉的别络都是从四肢肘、膝以下分出，连接于相互表里的阴阳两经之间，从“阳”走向“阴”或从“阴”走向“阳”，是十二经脉在四肢互相传输的纽带。任脉之别络分布在腹部；督脉之别络分布在背部；脾之大络分布在侧身部。这三者在躯干部发挥其联络作用，从而加强了人体前、后、侧面的统一联系。

经筋　是十二经脉之气濡养筋肉骨节的体系，是附属于十二经脉的筋肉系统。其循行分布均起始于四肢末端，结聚于关节骨骼部，而走向头面躯干，行于体表，不入内脏。其功能活动有赖于经络气血的濡养，并受十二经脉的调节，故依

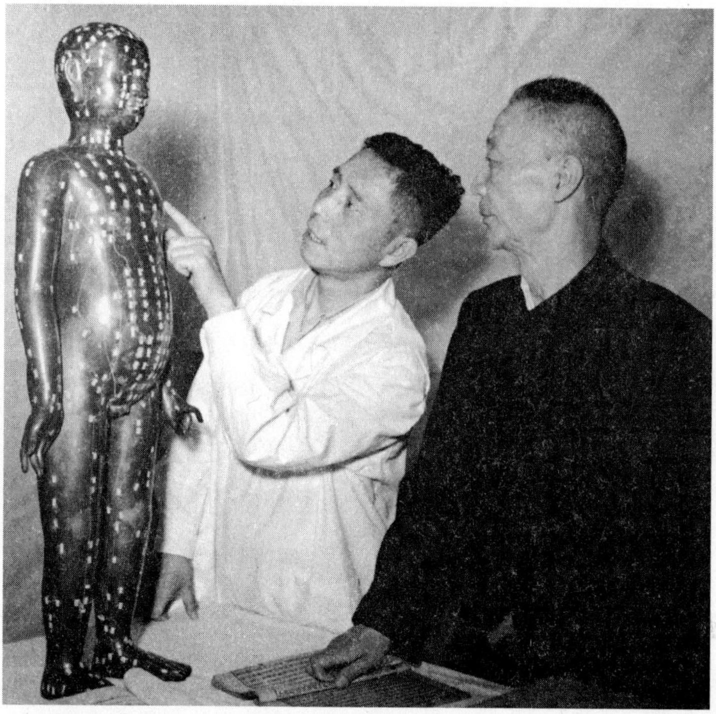

◀ 查经脉图

据其与十二经脉的相互关系被划分为十二个经筋系统，被称为“十二经筋”。经筋的作用主要是约束骨骼，利于关节屈伸活动，以保持人体正常的运动功能。

皮部 是十二经脉的功能活动反映于体表的部位，也是经络之气的散布所在。所以，人们把全身皮肤分为十二个部分，分属于十二经脉，称“十二皮部”。皮部居于人体最外层，是机体的屏障。当皮部功能失常时，病邪可通过皮部深入络脉、经脉以至脏腑。当机体内脏有病时，也会通过经脉、络脉而反应

《经络图说》▶
（明 · 张明）

于皮部。所以，皮部的变化可用来作为诊断和治疗疾病的依据。

由于经络对机体各部分之间存在着特定的联系，一方面，当人体脏腑的功能受到某些致病因素的侵袭而发生疾病时，便可在该经脉循行的路线和所隶属的有关部位上，表现出各种症状和体征。比如，肺气不宣则鼻塞不通；肝火上升则目赤肿痛；心火上升则口舌生疮等。这些都说明，内脏发生变化或经络发生疾病，均可通过相关的经络在不同的部位发生不同的病变。另一方面，经络又是病邪传入的途径。当体表受到病邪侵袭时，可通过经络由表及里，由浅入深地传入。比如，人体外感风寒后，初见肌肤麻木，继则关节疼痛，进而心悸不宁，说明病邪由络至经，由经至脏。经络病可以传入内脏；内脏病也可累及经络；脏与脏、腑与腑，脏与腑之间均可通过经络的联属而发生疾病的传导。

中医学中的经络学说经历了漫长的发展过程。在两千多年前的马王堆汉墓出土的医书中，记载经脉的数量只有十一条，而且循行的路线也比较短，不仅没有形成首尾相连的循环圈，也没有与人体脏腑发生直接的联系，更没有明确的穴位记载。而在中国四川绵阳一座西汉早期墓葬出土的木质人体模型上，人们看到可以称为“经脉”的标线，但与马王堆出土医书的记述完全不相同。自汉朝以后的经脉学说，主要是依据中医经典著作《黄帝内经·灵枢》一书中对人体经脉的循行路径、相互关联、脏腑配属的记载，以及“经筋”、“皮部”等相关论点归纳而成的。到了“宋天圣针灸铜人”出现以后，才真正统一确定了人体体表的腧穴，使得原本隐藏体内的气血通道，变成了明确的“体表腧穴连线”。

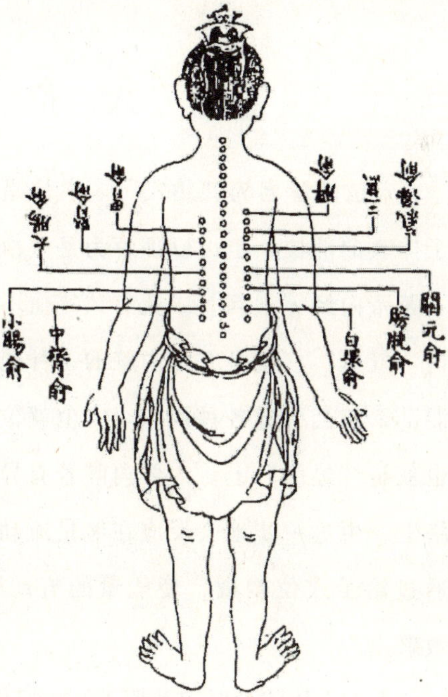

◀ 铜人针灸经

经络学说是针灸学的理论核心，国内外医学专家用仪器设备进行了研究。比如，罗马尼亚和法国的学者分别用放射性同位素——锝（音dé ,金属元素，有放射性）注入人体穴位，通过闪烁摄影机录下的同位素活动照片，竟与经络的分布一致，并且显示出经络上的一些穴位，引起了世界关注。匈牙利学者在穴位的电特性、经穴的低电阻特性的基础上，用二氧化碳传感器测量皮肤呼吸强度，发现穴位与非穴位存在着明显的差异。中国国内也有专家提出，经络是特殊的液晶态物质，它在人体内是以液晶的形式存在于肌肉、骨骼、皮肤及内脏等组织的间隙通道之中，穴位则是液晶富集而形成的对外界物理刺激较敏感的点。上述研究分别从不同的侧面证实了中医经络理论的科学性。

穴　位

穴位的学名为“腧穴”。穴位是人体经络脏腑之气输注于体表的部位，也可以理解为是气血出入经脉交会之点。在《黄帝内经·素问》中就有“气血不顺百病生”的说法。所谓“气血”，就是支配内脏的一种能量，而这种能量若流动混乱，就会引起各种疾病。穴位就位于能量流动的通路上，也就是“经络”上。人体内脏若有异常，就会反应在内脏经络上，更进一步地会反应在能量流动不顺的穴位上。因此，通过给予穴位刺激，使能量的流动顺畅，进而达到治病的效果。

由于人体的各脏腑及用于针灸操作的大部分穴位均分别与

某一经脉相连，躯体的各部分也按照“经筋”、“皮部”分属于某一经脉，因而经脉学说与针灸疗法形成了最直接、最密切的关系。例如：治疗面神经麻痹，俗称“口眼歪斜”，可以选择从脸部侧面通过的“手阳明大肠经”进行治疗，而只有取从属该经脉的“合谷”穴才有明显的治疗效果，并不是该经脉的任一个穴位都能选用。现代科学研究用红外线摄像方法证实，针刺“合谷”穴后，人的面部血液流量会增加，温度也会升高。

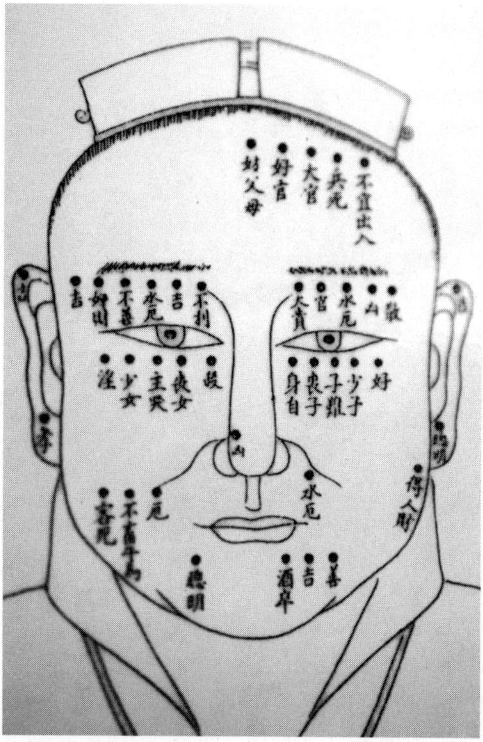

◀ 穴位图

人体分布于经脉上的穴位共有三百六十一个经穴。除去这三百六十一个穴位，人体还有一部分经外奇穴和阿是穴。这些穴位皆有特定的功效。随着针灸理论的发展，又有大量的包括耳穴、手穴、足穴等新穴位被发现。如果把所有的经穴、奇穴与新穴加起来，则超过一千个穴位。

这里选择几个常用穴位，作为例子进行介绍：

《经络图说》▶
（明·张明）

睛明穴 睛，指穴位所在部位及穴内气血的主要作用对象为眼睛。明，光明之意。本穴为太阳穴膀胱经的第一穴，其气血来源于体内膀胱经的上行气血，就是体内膀胱经吸热上行的气态物所化之液，亦即是血。膀胱经之血由该穴提供于眼睛，眼睛受血而能视，变得明亮清澈，故名“睛明”。睛明穴位于人体面部，眼睛内眦角稍上方凹陷处。此穴主治迎风流泪、偏头痛、结膜炎、睑缘炎、眼视觉疲劳、眼部疾病、三叉神经痛、近视等。对于经常用眼的人士来讲，只要简单地按摩此穴一两分钟，就可以明显的缓解眼视觉疲劳。青少年坚持按摩此穴可以预防近视。此外，还可以与攒竹穴、四白穴、太阳穴、承泣穴、鱼腰穴等眼部重要穴道一起配合来做，效果会更佳。

迎香穴　迎，迎受；香，脾胃五谷之气。该穴意指其穴接受胃经供给的气血。迎香穴位于人体的面部，鼻翼外缘中点旁，两侧约一厘米处。此穴主治鼻塞、鼻窦炎、流鼻涕、牙痛、感冒等。尤其是当上齿牙痛时，指压该穴，可以快速止痛。

水沟穴　也称“人中穴”。水沟指鼻唇间的沟。人中，指头面前正中线。该穴位于人体的上唇上中部，鼻唇沟的上三分之一与中三分之一的交点。指压时有强烈的压痛感。此穴主治昏迷、晕厥、暑病、癫狂、急慢惊风、鼻塞、鼻出血、风水面肿、牙痛、牙关紧闭、挫闪腰疼。该穴为人体最重要的穴位之一，而且也是一个相当危险的部位。采用此穴位治疗疾病时，用力不要过于强烈。

太阳穴　位于头部侧面，眉梢和外眼角中间向后一横指凹陷处。该穴有醒脑明目，通络止痛的功效。适用于治疗偏正头痛、神经血管性头痛、三叉神经痛、神经衰弱、视物不清、目赤肿痛、视神经萎缩等病症。指压感觉有酸胀感，重按较痛，有时向四周发散。

合谷穴　合，汇也，聚也；谷，两山之间的空隙也。合谷名，意指大肠经气血会聚于此并形成强盛的水湿风气场。由于该穴位处于手背第一、二掌骨之间，肌肉间的间隙较大，因而气血会在本穴处汇聚，故名“合谷”。取穴方法以一手的拇指指骨关节横纹，放在另一手拇、食指之间的指蹼缘上，拇指尖下的位置即是。该穴位主治头痛、目赤肿痛、鼻出血、牙痛、牙关紧闭、口眼歪斜、耳聋、咽喉肿痛、热病无汗、多汗、腹痛、便秘、经闭、滞产。配其他穴位治疗效果更好，如配太阳穴治头痛；配太冲穴治目赤肿痛；配迎香穴治鼻疾；配少商穴治咽喉肿痛；配三阴交穴治经闭、滞产；配地仓穴、颊车穴治眼歪斜。

气海穴　又称“丹田穴”。气，气态物也；海，大也。气海名，意指任脉水气在此吸热后气化胀散，如同气之海洋，故名“气海”。丹田为道家术语，道家视脐下腹部为丹田，故名。气海穴位于人体的下腹部，直线连结肚脐与耻骨上方，位于肚脐中下方1.5寸（约合五厘米）。此穴主治妇科病、腰痛、食

合谷穴 ▶

欲不振、夜尿症、儿童发育不良等。该穴位是人体任脉上的主要穴道之一。该穴配灸三阴交穴治白浊、遗精；配灸关元穴治产后恶露不止；配灸关元穴、膏肓、足三里穴治喘息短气（元气虚惫）；配灸关元穴、命门穴（重灸）、神阙穴（隔盐灸）急救中风脱证；配足三里穴、脾俞穴、胃俞穴、天枢穴、上巨虚穴治胃腹胀痛、呃逆、呕吐、水谷不化、大便不通、泄痢不止（脾气虚弱）；配灸足三里穴、合谷穴、百会穴治胃下垂、子宫下垂、脱肛。

足三里穴　该穴名指位于人体下肢，胃经气血物质散于该穴的开阔之地，经水大量气化上行于天，形成一个较大气血场的范围，古人形象地表述有三里方圆之地。足三里穴位于外膝眼下四横指、胫骨边缘。找穴时左腿用右手，右腿用左手，以食指第二关节沿胫骨上移，至有突出的斜面骨头阻挡为止，指尖处即为此穴。此穴主治消化器官疾病，如：胃下垂、食欲不振、便痢、腹部胀满、呕吐等一切胃肠、腹部不适，以及头痛、牙痛、神经痛、鼻部疾病、心脏病、呼吸器官疾病。此外，对更年期障碍、腰腿疲劳、皮肤粗糙也很有效。该穴是人体最重要的治病穴道之一。

临床证实，针刺足三里穴，对于胃、十二指肠溃疡急性穿孔有特殊的疗效。胃、十二指肠溃疡急性穿孔的典型的临床表现为：突然发作的剧烈腹痛，腹式呼吸减弱，腹肌痉挛、强直、触痛明显及有反跳痛，恶心呕吐，烦躁不安，发热，甚至可出现早期休克。足三里穴作为治疗胃肠道疾患的特定穴位，

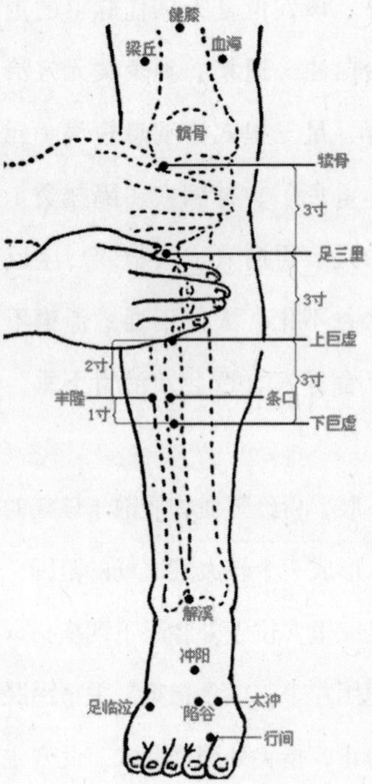

足三里穴

在胃穿孔、肠梗阻等情况下，通过针刺长时间强刺激“足三里”，能促进大腹膜向穿孔部位运动，或肠蠕动增强，有时可因此而避免手术之苦。多数患者针刺后腹痛往往明显减轻，精神安定，腹肌松弛，肠鸣音较快恢复。研究表明，针灸可使大网膜移向病灶，促进穿孔闭合；能加快腹腔渗液吸收，调节胃的分泌和运动；有提高机体特异性和非特异性免疫功能，增强白细胞吞噬功能和腹腔抵御感染的能力。

阿是穴及其由来

中医针灸在临床上除了有定位明确，并有一定名称的经穴或经外奇穴之外，还以病痛局部或病痛的反应点（有酸、麻、胀、痛、重或斑点、色变、硬变、肿胀等反应)作为穴位，称这类压痛点为“阿是穴”。阿是穴中医又称“不定穴”，指的是没有固定的位置，随病变部位或压痛点而选定的穴位。阿是穴的含义最早见于

《黄帝内经》，但“阿是”这一穴位名称首见于《千金要方》。唐朝名医孙思邈在他的医书《千金要方》（卷二十九）中说：“阿是穴又称天应穴，不定穴，扪当穴。凡是不定名穴位，无一定主治功用，无一定数目，以痛为腧，为阿是穴。”《千金要方》记载：“有阿是之法，言人有病痛，即令捏其上，若里当其处，不问孔穴，即得便成痛处，即云阿是。灸刺皆验，故云阿是穴也。”意思是：当人体有不适的时候，采用捏按的手法找到反应敏感部位（疼痛），患者会“阿”地叫出声来，因此被称为“阿是”。它们是既无具体名称（所有的穴点都称阿是穴)，又无固定位置（无论何处的穴点均称阿是)，主治功用也不十分明确（以病情论阿是，不是以阿是论病情)，但对病症的治疗有效（往往还有奇效)。临床上医生根据按压时患者有酸、麻、胀、痛、重等感觉和皮肤变化等而予以认定。阿是穴在临床上应用较广，可补经穴主治之不足。为此，千百年来中医针灸学将人

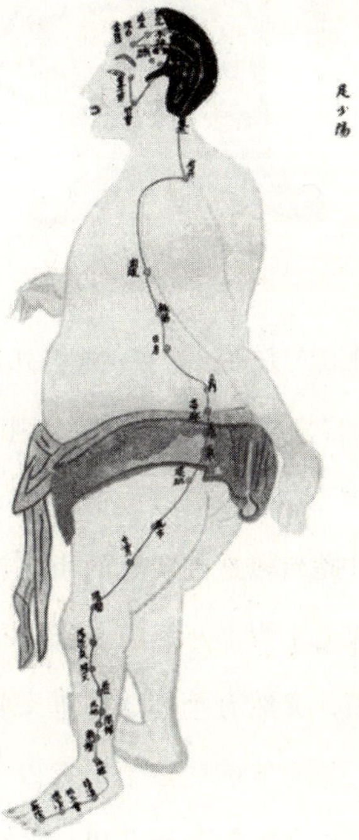

◀《经络图说》（明·张明）

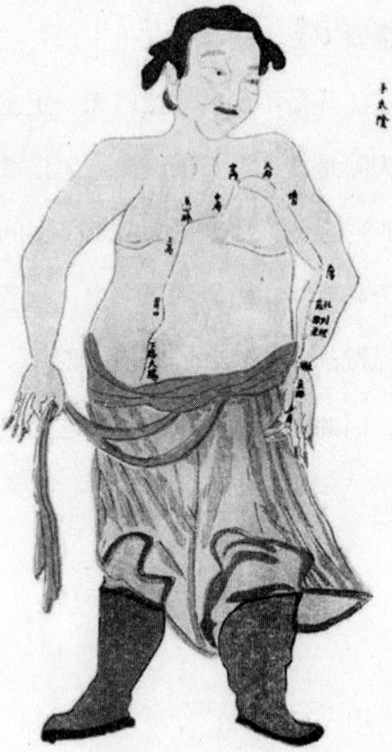

《经络图说》▶
（明·张明）

体的经穴、奇穴、阿是穴等，组成腧穴的完整体系。

阿是穴可以在全身任何地方出现。对于这种现象，中医针灸学认为，当疾病发生的时候，人体的某一部分就会发生相应的气血阻滞，造成气血的局部性、临时性的聚集，从而出现“阿是穴”现象。当这种疾病解除时，气血的临时聚集也随之解除，“阿是穴”现象即消失。可见阿是穴不是固定的、专一的穴位。阿是穴的这种取穴方式，与经穴或经外奇穴取穴并不矛盾，当有些压痛点不符合经穴或奇穴的位置时，则可以作为阿是穴来应用。可以说，经外奇穴是经穴的补充，阿是穴又是经外奇穴的补充。

提起阿是穴名称的由来，还有一段有趣的故事。相传，孙思邈七十岁那年，有一天，他正在专心致志编写《千金要方》一书，突然有个邻居闯进来告诉他，有一个危重患者已昏迷不醒，急需他前往诊治。素以“人命至重、有贵千金”自恃的孙思邈，立即赶赴十几里外的山村为患者治疗。经过他的抢救，患者总算清醒过来。但是，腿部的剧痛仍然没有止住。孙思邈眼见患者痛苦的样子，又按古医书所载的止痛穴位，一个个地试着扎针，结果还是见效不大。无奈之中，他又耐心地接连在患者腿上按了多处，当他按到膝关节右上方的一个部位时，患者竟突然叫道："啊(阿)，是，是这儿。"于是孙思邈便拿起银针，一下子扎了进去。说也怪，下针捻了几下，患者的疼痛竟然止住了。患者好奇地问："这叫什么穴位啊？"孙思邈轻松而诙谐地笑着说："你刚才不是说'阿是'吗？这个穴位就叫'阿是穴'吧！"从此，阿是穴止痛的消息便不胫而走，传播开来。后来孙思邈将阿是穴记入他的《千金要方》。阿是穴就这样流传于世。

◀《经络图说》（明·张明）

针灸取穴

经络的循行路线有特定的规律，它与人体的脏腑及各个部位有紧密的联系，因此，人体的大部分疾病可以通过针灸穴位的方法来进行治疗。医生可以依据疾病所出现的症状，结合经络循行的部位及联系的脏腑，做出治疗方案。

比如头痛有很多种情况，必须根据疼痛的部位，遵循经脉在头部的循行分布来诊断。痛在前额连及眉棱骨者多与阳明经有关；痛在两侧连及于耳者多与少阳经有关；痛在后脑连及项背者多与太阳经有关；痛在头顶连及眼目者多与厥阴经有关。一般来说，疾病表现的各种症状都反映在经络循行的通路上，或在经气聚集的某些穴位上，如：有明显的压痛、结节、组织隆起、凹陷，以及皮肤变异；长期消化不良的患者，可在脾俞穴（位于人体背部，在第十一

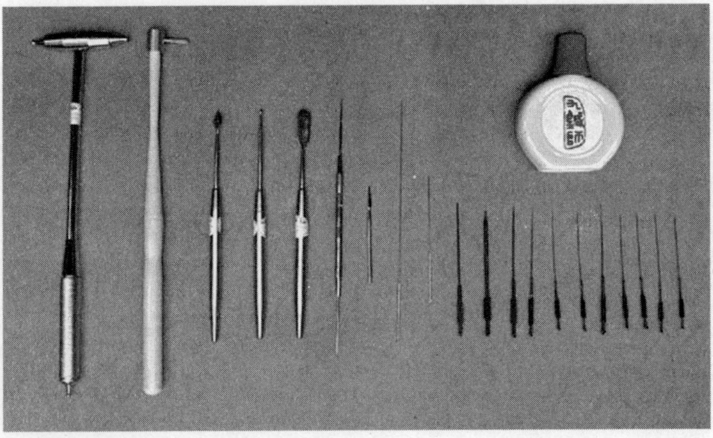

现代九针 ▶

胸椎棘突下，左、右旁开两指宽处）发现异常变化；胆系疾病的患者，多在足少阳胆经的阳陵泉穴（位于膝盖斜下方，小腿外侧之腓骨小头稍前凹陷中）下出现压痛。

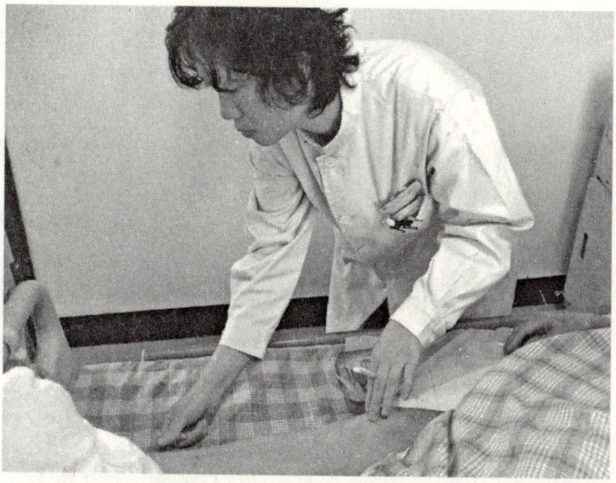

◀ 取穴

选择穴位是根据“经脉所通，主治所及”的原理，以阴阳、脏腑、经络和气血等学说为依据，基本原则是：循经取穴、络脉取穴、皮部取穴、筋病取穴。

循经取穴 就是分析疾病所在的经脉，沿其通路选择穴位。比如治疗胃痛，就要选足阳明胃经穴，局部选梁门穴，远端选足三里穴、梁丘穴。

络脉取穴 用于因毒邪侵入后阻塞人体的脉络，使气血流通不畅。这些毒邪越深，郁积得越厉害，就越需要采取急救的方法，即放血治疗。这种方法在临床应用较普遍，如目赤肿痛刺太阳、耳尖出血；咽喉肿痛刺少商、商阳出血；急性腰扭伤刺委中出血；面瘫在面颊内刺络放血等。

皮部取穴 的原理是由于十二皮部是十二经脉循行和反应的部位，其分布在体表，所以内脏或经络发生病变时，可反映到皮部，表现为压痛、硬结，或色泽的变化等。所以刺激皮肤表面，或用皮内针埋藏于皮下，就可以通过皮部的作用，治疗多种疾病。

筋病取穴 是根据经筋的病状，多表现为拘挛、抽搐、疼痛、瘫痪等症，应在病变部位取穴，或寻找压痛点，进行治疗。

针灸治病主要是通过针刺或艾灸相关的穴位达到治疗目的。针灸取穴是针灸处方的主要内容之一。作为针灸临床治疗的实施方案，处方的恰当与否，直接关系到治疗效果的好坏。因此，选择适当的穴位并加以配伍（相应的方法和药物等），采用正确的刺、灸方法，是配穴处方的主要内容，也是取得临床效果的关键。

因此，要依据经络、腧穴理论，依据不同穴位的特性及其主治功能，结合临床具体实践，才能合理地选取适当的穴位，为正确拟定针灸处方打下基础。

选定刺或灸的穴位后，就要在患者身上找到相应的部位。腧穴定位的准确与否，可直接影响治疗效果。现代临床常用的腧穴定位与取穴法有骨度折量法、体表标志法和手指比量法。骨度折量法是将人体的各个部位分成若干等分，然后折量取穴，每一等分作为一寸。体表标志法是以人体各种体表解剖标志作为取穴的依据。如两眉之间

取穴 ▶

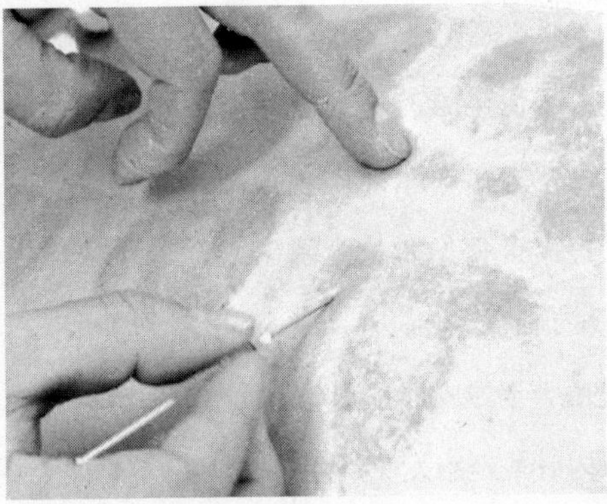

取印堂穴，两乳之间的中点取膻中穴等。由于患者可能是成人，也可能是儿童，而且有高矮胖瘦的区别，所以古人取穴采用特定的方法，即“同身寸”定位法，也就是以被针灸者自己的指关节宽度为标准，因为手指的长短、宽度，会依年龄、体格、性别而有所不同。

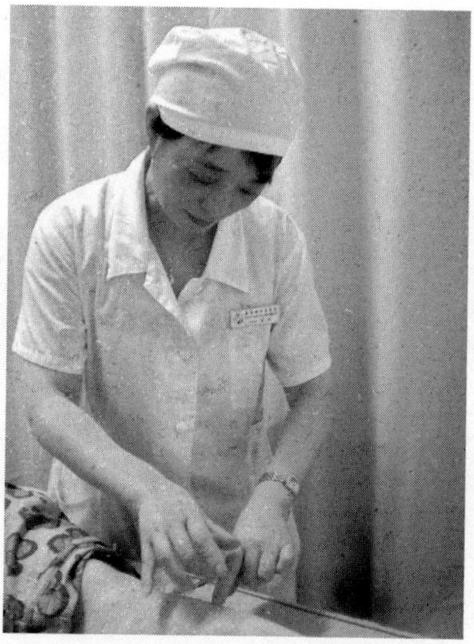

◀ 取穴

如今针灸临床取穴依旧沿用古代的“同身寸”定位法，包括“拇指同身寸”法（以患者拇指关节最粗部分的横纹宽度为一寸）、“中指同身寸”法（患者中指弯曲时，中节桡侧两端纹头之间的距离为一寸）和“横指同身寸”法（患者食指、中指、无名指、小指并拢的指关节横向宽度相当于三寸）。

针刺取穴时，医生须双手协作，互相配合，才能把针迅速刺进皮肤。其中持针施术的手被称为“刺手”，按压穴位局部、帮助施术的手被称为“押手”。刺手一般习惯为右手。刺手持针的姿势，一般以拇指、食指两指夹持针柄，以中指或无名指抵住针身。押手的作用，主要是固定穴位，尤其适用于长针。此外，还有夹持进针法、提捏进针法、舒张进针法。这些方法，主要适用于皮肤松弛或有皱纹部位的穴位进针。

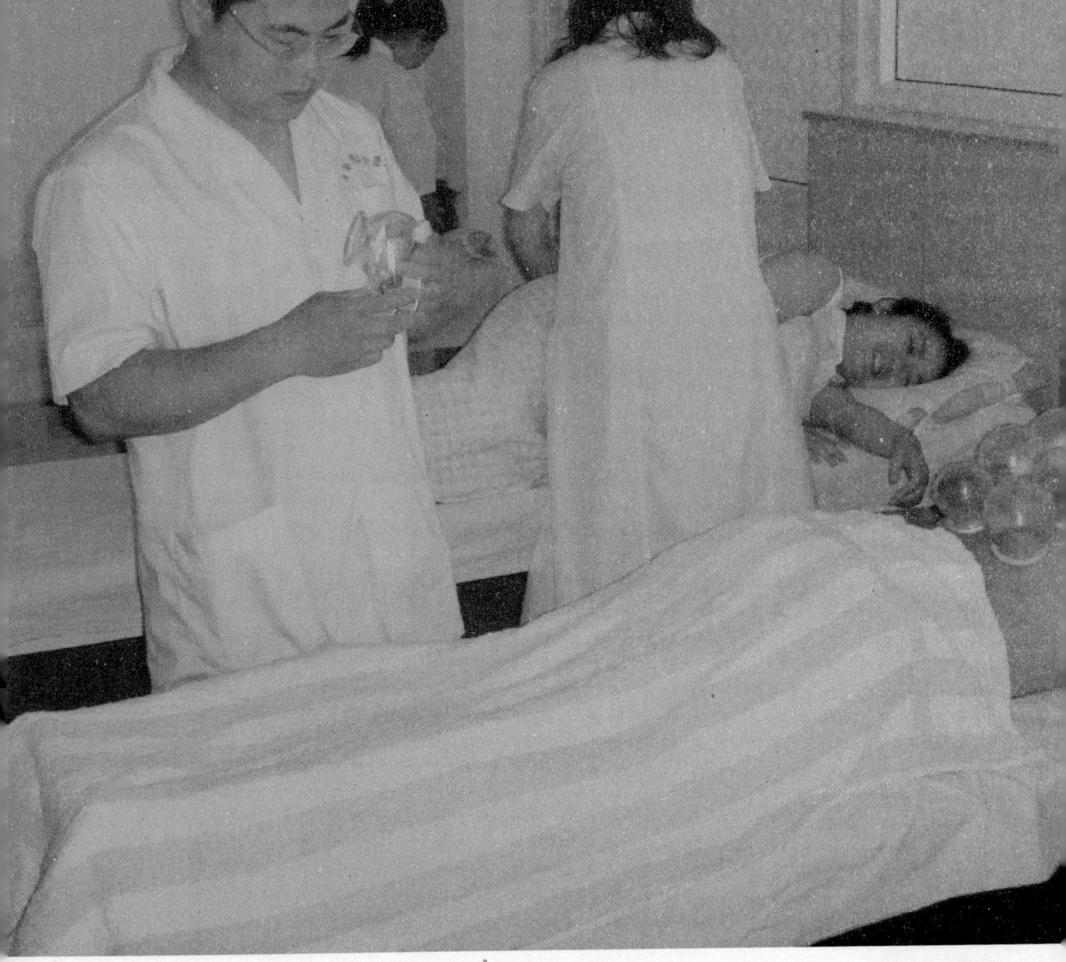

■ 按穴拔罐

针灸“治未病”

何为“治未病”？早在两千多年前，中国古代的中医先贤们就已提出了“治未病”的医学理念。《黄帝内经·灵枢》中记载：“……上工，刺其未生者也；其次，刺其未盛者也；其次，刺其已衰者也。……”“……夫病已成而后药之，乱已成而后治之，譬犹渴而穿井，斗而铸锥，不亦晚乎！”唐朝名医孙思邈在《千金要方》中提出，上医医治未病之病，中医医治欲病之病，下医医治已病之病。其中的“上工”和“上医”指的是医术高明的上等医生。高明的医生能够在病象未充分显露之时觉察可能的疾病隐患，及时给予必要的预防治疗。先贤们认为，人生病后再去医治，国家动乱后再去治理，就好比渴了才去挖井，临到打仗才去铸造兵器一样，不是太晚了吗？

中医“治未病”的预防学思想，包括“未病先防”、“既病防变”和“瘥后防复”。这三个“防”体现了“治未病”的核心思想，即防患于未然。这是中医所倡导的一种健康理念。“未病先防”指在无病或疾病发生之前，注意保养身体，培护正气，以增强机体的抵抗力，防止疾病的发生，减轻随后疾病的损害程度或保健延年。“既病防变”指在患病之后，注重治疗，增强正气，祛除邪气，防止病情发展。“瘥后防复”指注重保健调养，在疾病痊愈后防止复发。如今，我们的医疗方针是预防为主，但是在人们的思想观念中还是治重于防，常常是患了病，甚至病情严重之后才重视治疗。在“治未病”的三“防”理念中，古人把“未病先防”放在首位，视为“上工”、“上医”，足见其重要性。

未雨绸缪

中医学自古就形成了“天人相应”、“天人合一”的思想，其核心内容就是人必须和自然相适应，保持协调统一，方能获得健康。《内经》中提出：“人以天地之气生，四时之法成。”认为，气是世界万物构成的基础，万物皆为气聚而成的产物，人也是如此。人体依赖于天地之气提供的物质条件而生存，顺应四时阴阳的变化规律才能发育成长。由于春温、夏热、秋凉、冬寒，一年四季转换不息，所以人就要以四时变化而遵循春生、夏长、秋收、冬藏之规律。明朝名医张景岳有这样的论述：“春应肝而养生，夏应心而养长，长夏应脾而养化，秋应肺而养收，冬应肾而养藏”，即：

人体的五脏生理活动，必须适应四时阴阳的变化，才能与外界环境保持协调平衡。这些精辟的理论告诉我们养生和防病的道理。

《铜人腧穴针灸图经》明正统石刻拓片

那么，我们应该如何养生防病呢？《内经》中养生防病的方法可概括为：顺应四时，调形养神；调整心态，舒缓压力；合理饮食，均衡营养；坚持运动，增强体质；预施针、药，持之以恒。唐朝医学家王焘在《外台秘要》中说：“凡人年三十以上若不灸三里，令人气上眼暗，阳气逐渐衰弱，所以三里下气也。”意思是：人到了三十岁以后，阳气逐渐衰弱，灸足三里穴可补气壮阳，不然会出现气短、两眼昏花等现象。宋朝名医窦材（公元1070～1150年）在他的《扁鹊心书》中也提出：“……年四十，阳气衰，而起居乏；五十体重，耳目不聪明矣；六十阳气大衰，阴痿，九窍不利，上实下虚，涕泣皆出矣。夫人之真元乃一身之主宰，真气壮则人强，真气虚则人病，真气脱则人死。保命之法：灼艾第一……”他们都强调，人体中的正气在抗邪防病中起着关键的作用，正所谓“正气存内，邪不可干”。好比两军作战，正气一方强盛，邪气一方就不敢冒犯。然而，随着年龄的增长，尤其是进入中老年期，人体内的阳气会逐渐减弱，疾病就会趁机侵入。所以要想保护健康，就要经常在相应的穴位上施以针灸刺激，激发机体内在的潜力，维持机体的阴阳平衡，提高抵抗疾病的能力，延缓衰老。

《扁鹊心书》▶

防微杜渐

《史记》中记载了这样一个故事：早在距今两千多年前的战国时期，有个神医叫秦越人（约公元前401～前310年），由于他医术高明，能药到病除，因此名扬天下，被人们尊称为“扁鹊”（也就是飞到哪里就给哪里带来喜讯的喜鹊）。有一天，扁鹊来到了齐国，齐国的国王齐桓公知道他声望很大，便宴请他。扁鹊见到齐桓公后说：“君王有病，就在肌肤之间，不治会加重的。”齐桓公不相信，还很不高兴。五天后，扁鹊再去见他，说道：“大王的病已到了血脉，不治会加深的。”

齐桓公仍不信，而且更加不悦了。又过了五天，扁鹊又见到齐桓公时说："病已到肠胃，不治会更重。"齐桓公十分生气。又是五天过去了，扁鹊见到齐桓公后什么也没说就避开了，齐桓公十分纳闷，就派人去问扁鹊。扁鹊说："病在皮肤和肌肉之间的时候，可用汤药和热敷的方法治愈；病扩展到血脉里，可用针灸来治；就算是病情已经深入肠胃了，我用药酒也能治好。可病到了骨髓，就无药可救了！现在大王的病已在骨髓，我无能为力了。"不久，齐桓公果然发病了，这时他才想起扁鹊的话，派人去请扁鹊，但扁鹊已经逃离了齐国。齐桓公忌讳别人说自已有病，不听扁鹊的劝告，拒绝医治，最后终于病死。《史记》的作者司马迁这样评述说："使圣人预知微，能使良医得早从事，则疾可已，身可活也。"

这个故事说明了"治未病"强调早期诊断的思想。《内经》中记载："……故善治者治皮毛，其次治肌肤，其次治筋脉，其次治六府，其次治五藏。治五藏者，半死半生也。""……圣人不治已病治未病，不治已乱治未乱，此之谓也。……"扁鹊的高明之处在于他在齐桓公没有感到任何不适的情况下，就诊断出他的病发展到什么程度，告诫齐桓公要及早治疗。古代先贤们在《内经》的《素问·刺热篇》中明确地讲述了如何早期诊断，预知病情："肝热病者，左颊先赤；心热病者，颜先赤；脾热病者，鼻先赤；肺热病者，右颊先赤；肾热病者，颐先赤。病虽未发，见赤色者刺之，名曰治未

扁鹊像（清）▶

病。”《难经》对“治未病”思想又作了进一步的阐述：“经言：上工治未病……治未病者，见肝之病，则知肝当传之于脾，故先实其脾气，无令得受肝之邪，故曰治未病焉。……”这里古人分析了人体脏腑间的相互关系，用“由肝传脾”的例子说明疾病的发展走向，也就是传变的规律，提出应尽早采取有效措施，防微杜渐，阻断其传变。

针灸养生

在远古时期，中国有一位名医，名叫岐伯。由于他精于医术脉理，远近闻名，黄帝（见“古籍宝藏”一节）尊他为老师，经常与他一起研讨医学问题。有人说《黄帝内经》就是以他为首编写的。在《黄帝内经》的第一篇中记载，黄帝问岐伯：“余闻上古之人，春秋皆度百岁，而动作不衰；今时之人，年半百而动作皆衰者。时世异耶人将失之耶？”意思是：我听说以前的人都能活过百岁，而且还可以保持灵活的动作。可现在的人，不到半百就已经出现衰老迹象了，这到底是时代变了还是人变了？岐伯答道：“上古之人，其知道者，法于阴阳，和于术数，食饮有节，起居有常，不妄作劳，故能形与神俱，而尽终其天年，度百岁乃去。今时之人不然也，以酒为浆，以妄为常，醉以入房，以欲竭其精，以耗散其真，不知持满，不时御神，务快其心，逆于生乐，起居无节，故半百而衰也。”意思是：上古之人懂得道法自然，遵循阴阳转化规律生活，采用正确的养生保健方法，饮食有节，起居有规律，不随意妄动。这样才能保持精神与形体的充实，才能寿至百岁。岐伯通过分析他所生活的那个时代里人的不良生活习惯说明为什么会半百而衰，进而说明不是时事的不同，而是人事的不同。前人“饮食有节”,今人（虽指岐伯所在的那个时代，但具有现实意义）“以酒为浆”；前人“不妄劳作”，今人

“以妄为常”；前人“起居有节”，今人“醉以入房”，这些都说明今人逆“道”而行；以情欲而竭其精，以竭精而耗散其真，当精满时不知保持，所以寿命就不能长久了。正如《内经·素问》记载：“……故阴阳四时者，万物之终始也，死生之本也。逆之则灾害生，从之则苛疾不起，是谓得道。道者，圣人行之，愚者佩之。从阴阳则生，逆之则死；从之则治，逆之则乱……”那么，应该怎样保持人体的阴阳平衡呢？

中国古代很多名医都把针灸作为养生保健的好方法。用于保健目的的针刺方法与针刺治病的方法基本相同，但着眼点不同。针刺治病着眼于纠正机体阴阳、气血的偏盛、偏衰，而针刺保健则着眼于强壮身体，增进机体代谢能力，旨在养生延寿，二者的选穴和用针手法不同。保健灸法是在身体某些特定穴位上施灸，以达到和气血、调经络、养脏腑、延年益寿的目的。它既可用于强身保健，也可用于久病体虚患者的康复。早在隋朝，中医书中就有“逆灸”的说法。所谓“逆灸”，就是无病先

岐伯像 ▶

施灸，以强身保健。唐朝大医学家孙思邈对灸法防病有论述：凡到江南或四川等比较潮湿闷热的地方留居，须经常用艾灸身上二三个穴位，这样便不易染上烈性的传染病。前面介绍过的宋朝窦材曾提出过“艾灼第一”的论断，他在《扁鹊心书》中有明确记载：“人于无病时，常灸关元、气海、命门……虽未得长生，亦可得百余岁矣。”针灸的保健作用已为古今中外大量的临床实践和实验研究所证实。只要定期施以针灸，持之以恒，就能收到强身延年的效果。

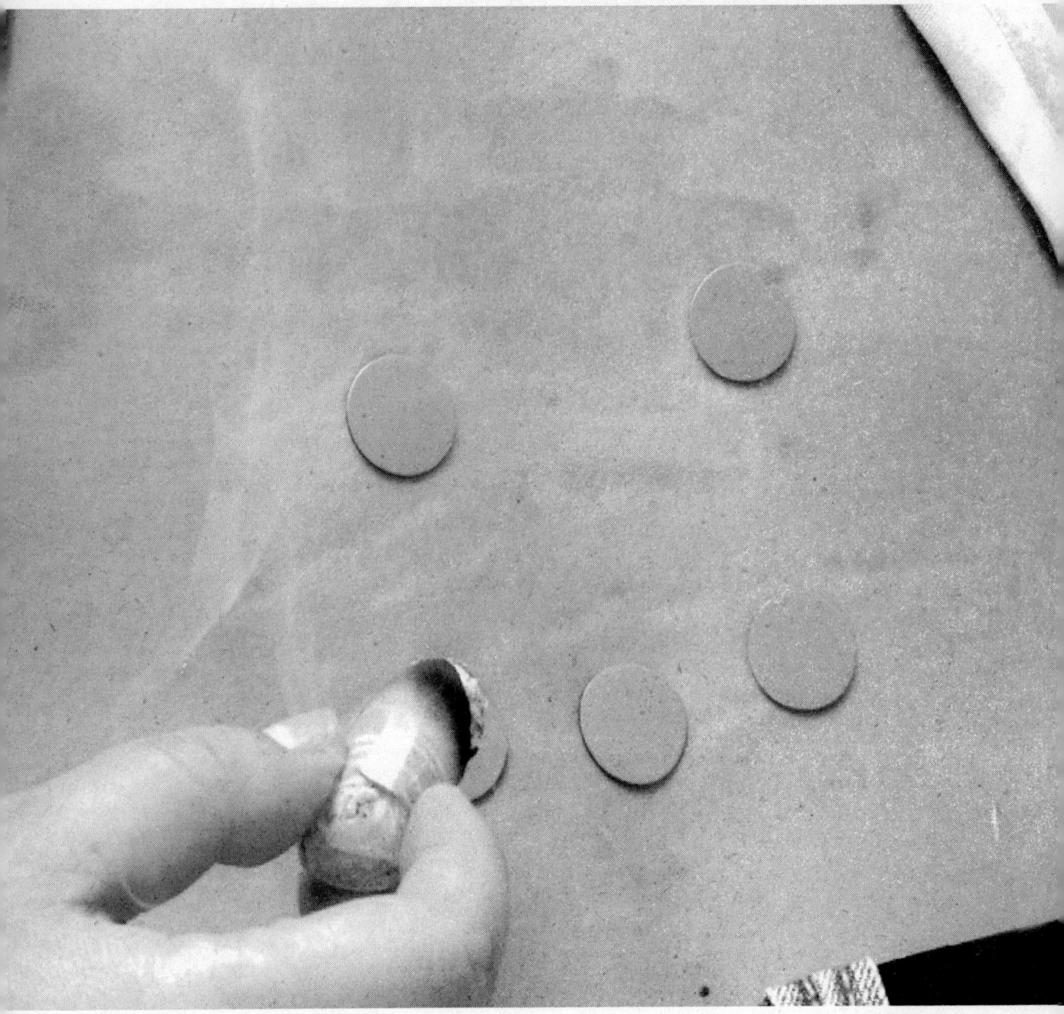

■ 神奇的灸疗

灸疗很神奇

中国自古以来就有“灸治百病”的说法。经现代科学研究证实，灸法可以调整脏腑机能、促进新陈代谢、增强免疫功能。唐朝名医王焘在《外台秘要》中提出：“……至于火艾，特有奇能，虽曰针汤散皆所不及，灸为其最要。学者凡将欲疗病，必须灸前诸穴，莫问风与不风，皆先灸之，此治一法，医之大术，宜深体之。……”他在《外台秘要》中尤为强调灸法的重要性，认为治疗时“不录针经，唯取灸法”。明朝杨继洲在《针灸大成》一书中提出：“……针所不为，灸之所宜。阴阳皆虚，火自当之。经陷下者，火则当之。经络坚紧，火所治之。陷下则灸之。”可见，灸法在中医学中具有十分重要的地位，所以，千百年来一直得到广泛应用。

艾叶医用

施灸用的材料是一种被叫做“艾”的植物，它看上去很不起眼，自然生长于山野之中，但是气味芳香，具有十分神奇的作用。艾叶中纤维质较多，水分较少，同时还有许多可燃的有机物。人们首先将艾叶晒干，筛去杂梗，然后捣碎，制成淡黄色洁净细软的艾绒，再将艾绒按加工程度不同，分成粗细等级。一般细艾绒用于直接灸，粗艾绒用于间接灸。人们用艾绒或以艾绒为主要原料，制作成艾炷或艾条。艾炷是将艾绒压实，做成上尖下平的小圆锥体，这样放在穴位上较平稳，而且燃烧时火力由弱到强，患者易于耐受。根据临床的需要，艾炷通常分为三种规格：

艾叶 ▶

小炷如麦粒大，可直接放于穴位上燃烧，称为“直接灸”；中炷如半截枣核大；大炷如半截橄榄大，常用于间接灸，也叫“隔物灸”。艾条是用质地柔软而又坚韧的桑皮纸，将艾绒压实卷成圆柱形长条，用胶水封口。艾条分为纯艾条（不添加其他中药物成分）和药艾条（添加其他中药研成细末混入艾绒中）两种。由于艾叶有通经活络，理气祛寒，回阳救逆等作用，制成艾绒后易于燃烧，气味芳香，火力温和，其温热能穿透皮肤，直达组织深部，而且取材方便，价格低廉，所以数千年来沿用至今。

灸治方法

明朝时有一位著名的药学家，名叫李时珍（公元1518～1593年）。他医术精湛，而且非常重视对本草的研究。他历经二十七年，于公元1578年完成了共五十二卷的巨著《本草纲目》。李时珍在《本草纲目》中有三十五处提到艾和艾灸的用途及灸法，认为“艾灸用之则透诸经，而治百种病邪，其沉疴之人为康泰，其功大矣”。这种“艾灸”疗法很神奇，它不像吃药、打针那样，要将药物直接进入人体，而是用艾叶等材料在皮肤表面加热后，依靠产生的物理作用，熏烤、刺激人体穴位，调整身体各组织器官功能的内在偏差，达到治病防病的目的。

艾灸的方法很多，我们仅介绍直接灸和间接灸。直接灸是将艾炷直接放在皮肤上。这种灸法又根据灸后皮肤是否被烧伤、化脓，而分为化脓灸和非化脓灸，也就是瘢痕灸和无瘢痕灸。瘢痕灸是将药物直接放在皮肤的穴位上烧熏、灼烧，将皮肤烧伤化脓，产生无菌性化脓现象，愈后留有瘢痕。瘢痕灸能改善体质，增强机体的抵抗力。临床上常用于治疗哮喘、慢性胃肠炎、发育障碍等疾病。无瘢痕灸是先在所灸穴位涂少量的凡士林，以便于艾炷黏附，然后将艾炷置于穴位上点燃，进行施灸。比如，用麦粒大的艾炷施灸，当患者感到有灼痛时，医生可用镊子柄将艾炷熄灭，然后易位再继续灸。一般应灸至局部皮肤红

李时珍像

晕但不起泡为度。因为不将皮肤灼伤，灸后不会化脓，所以不留瘢痕。间接灸又称为“隔物灸”，就是在艾炷下垫一衬隔物放在穴位上施灸。能起衬隔作用的药物有多种，比如隔姜灸，是将新鲜生姜切成约0.5厘米厚的薄片，中心处用针穿刺数孔，在上面放上艾炷，放在穴位上施灸。当患者感到灼痛时，可将姜片略微上提，离开皮肤片刻，再放下，继续反复进行，直到局部皮肤潮红为止。生姜味辛，性微温，具有解表、散寒、温中、止呕的作用。此种疗法多用于治疗外感表证和虚寒性疾病，如感冒、咳嗽、风湿痹痛、呕吐、腹痛、泄泻等。再如隔蒜灸，是用独头大蒜切成约0.5厘米厚的薄片，中间用针穿刺数孔，放在穴位或肿块之上，再用艾炷灸。每灸一般四至五壮（每燃尽一根艾炷或一根艾条，中医称为“一壮”），换去蒜片，每穴一次可灸五至七壮。因为大蒜液对皮肤有刺激性，灸后容易起泡，故应注意防

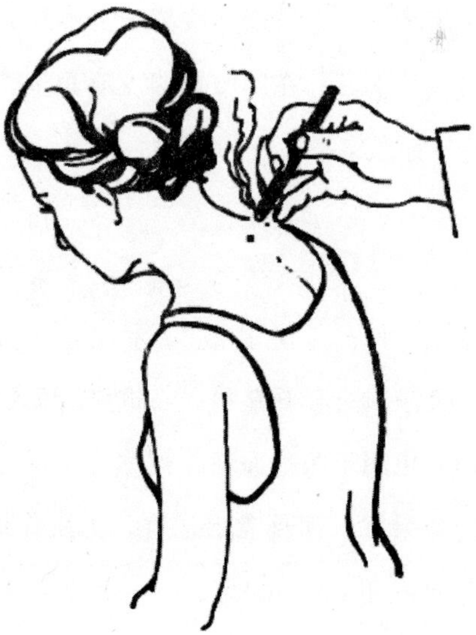

◀ 艾灸

护。大蒜味辛、性温，有解毒、健胃、杀虫的功效。此种疗法多用于治疗肺痨、腹中积块及未溃破的疮疖等。间接灸具有艾灸和垫隔药物的双重治疗作用，适用于慢性疾病和疮疡等症。而采用艾条灸是将点燃的艾条悬于施灸的部位之上，让艾火距皮肤有一定的距离，以不致烧伤皮肤为度。

灸法的施灸量常以艾炷或艾条的大小和灸壮的数量为标准。首先，必须结合病情施灸，若属沉寒痼冷者，阳气欲脱者，非大炷多灸方可奏效；若属风寒外感、痈疽痹痛，则应掌握适度，否则易使邪热内郁，产生不良后果。一般情况下，对于初病、体质强壮的患者，艾炷宜大，壮数宜多；久病、体质虚弱者，艾炷宜小，壮数宜少。另外，施灸部位不同，使用的量也就不同。在头面、胸部施灸不宜大炷多灸；在腰、腹部施灸可大炷多壮；在四肢末端皮薄而多筋骨处不可多灸；肩及两股皮厚而肌肉丰满处，宜大炷多壮。

保健灸

灸法因具有调整和提高机体的免疫机能，增强抗病能力的作用，也用于医疗保健，被称为“保健灸”。保健灸法操作简便，效果好，而且老少适宜，无副作用。比如，灸神阙(què)穴、足三里穴、气海穴、关元穴。神阙又名“脐中”，属任脉，位于肚脐正中，是人体任脉上的要穴。中医认为，人一出生时，脐带被一剪子剪断，人先天的神明就缺失了，所以肚脐被称为“神阙”穴。该穴只能灸治而禁针刺。灸该穴，有温补元阳，健运脾胃，复苏固脱，益气延年之效。经常灸或揉神阙穴，可使人体真气充盈、精神饱满、体力充沛、腰肌强壮、面色红润、耳聪目明、轻身延年，同时对腹痛肠鸣、水肿膨胀、泄痢脱肛、中风脱症等有独特的疗效。其方法是：取0.2~0.4厘米厚的鲜姜一片，用针穿刺数孔，盖于脐上，然后置小艾炷或中艾炷于姜片上点燃施灸。每次三至五壮，三天一次，每月灸十次，最好每晚九点钟灸之。每次以灸至局部温热舒适，灸处稍有红晕为度。另外也可以采取揉中法，即每晚睡前空腹，将双手搓热，双手叠放于肚脐上，将掌心放在神阙穴上，施加一定的压力，按顺时针方向按揉约一百次，然后逆时针方向按揉一百次左右。要求动作和缓，力度适中，按摩的时候手掌带动脐周围的皮下组织，达到腹部微有热感、无明显不适为宜，按摩范围可以以神阙穴为中心，逐渐扩大至整个腹部。当扩大到整个腹部的时候，手掌施加

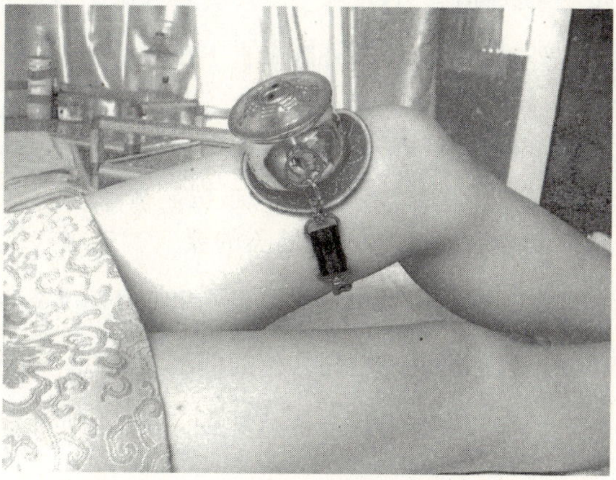

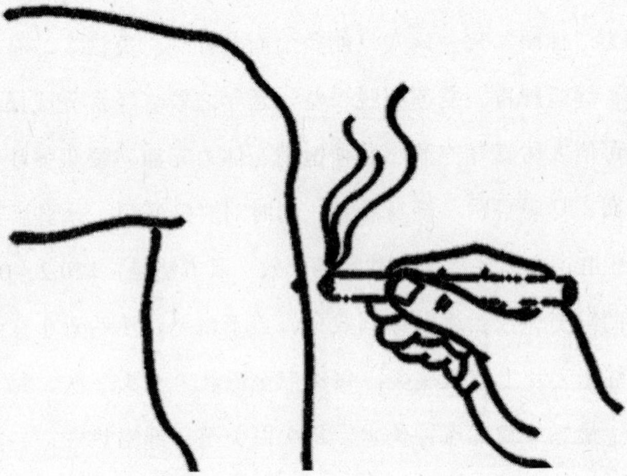

足三里穴温和灸 ▶

的压力可小一些，不必带动皮下组织，手掌与皮部形成摩擦，产生热感。必须特别注意的是，对腹部自行施灸时，由于取仰卧位，应特别防止艾条燃后的灰烬掉落在腹部，引起烫伤。再比如，足三里穴，属胃经。足三里穴也是重要的养生穴，古人把足三里灸称作“长寿灸”。足三里穴位于膝关节髌骨下，髌骨韧带外侧凹陷中，即外膝眼直下四横指处。足三里穴是“足阳明胃经”的主要穴位之一，它具有调理脾胃、补中益气、通经活络、疏风化湿、扶正祛邪之功能。在此穴施灸能预防疾病、祛病延年，是成年人保健灸的要穴。这个穴位按上去会有明显的酸、麻、胀的感觉。灸足三里穴是将艾条点燃后，缓慢沿足三里穴上下移动，使穴位局部温热发红，以不烧伤局部皮肤为度。当穴位有温热舒适感觉后，灸条固定不动。每次灸十至

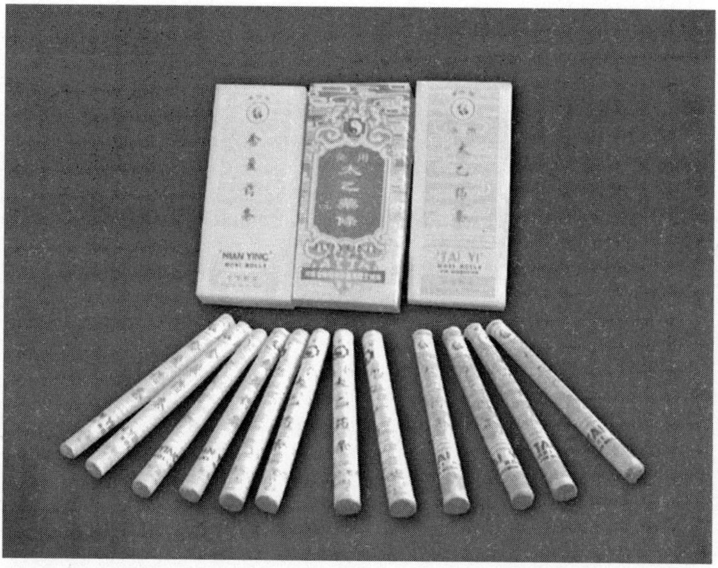

◀ 艾灸条

十五分钟，每三天灸一次，每月灸十次。也可以每天用大拇指或中指按压足三里穴一次，每次按压五至十分钟，每分钟按压十五至二十次。按压时，足三里穴会有针刺一样的酸胀、发热的感觉。另外，还有位于脐下1.5寸的气海穴和脐下三寸的关元穴也是使人强壮、抗衰老的要穴。常灸于此，有培补元气，强肾固精，通调冲任，理气和血的功效。

采用灸法，不管是用于治病，还是健身，需要耐心和毅力，贵在坚持，坚持数年必有好处。

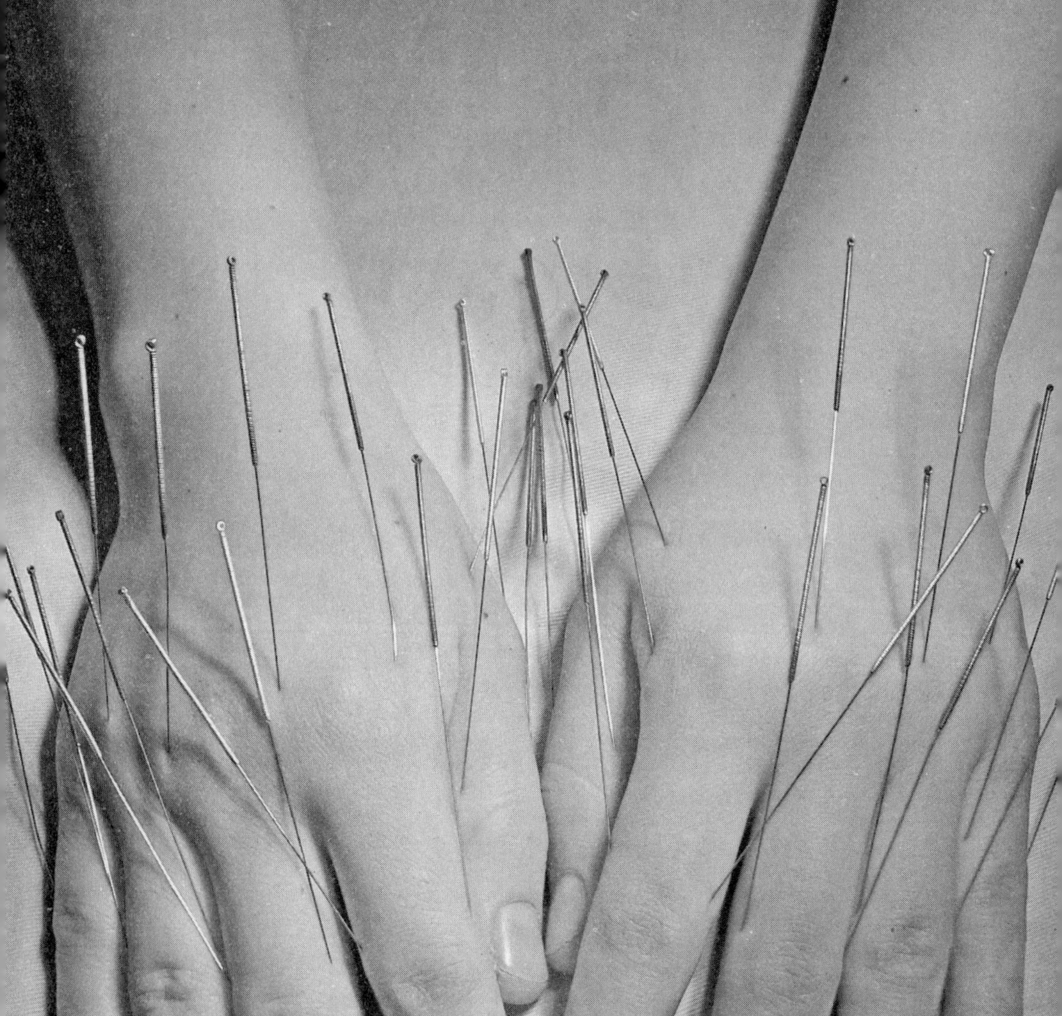

■ 针灸治疗

接受针灸治疗

2008年8月，在中国北京举办的第二十九届奥林匹克运动会（简称奥运会）期间，中医针灸被列入奥运会医疗保健服务项目之一，这可谓是奥运史上的头一次。英国《泰晤士报》针对奥

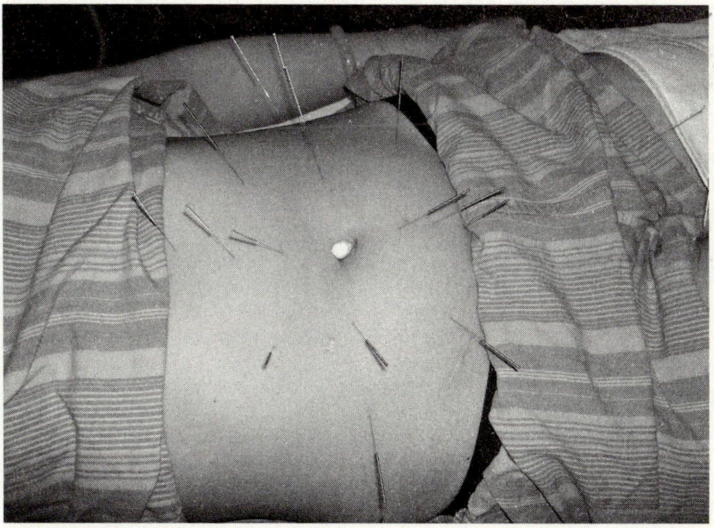

◀ 针灸治疗

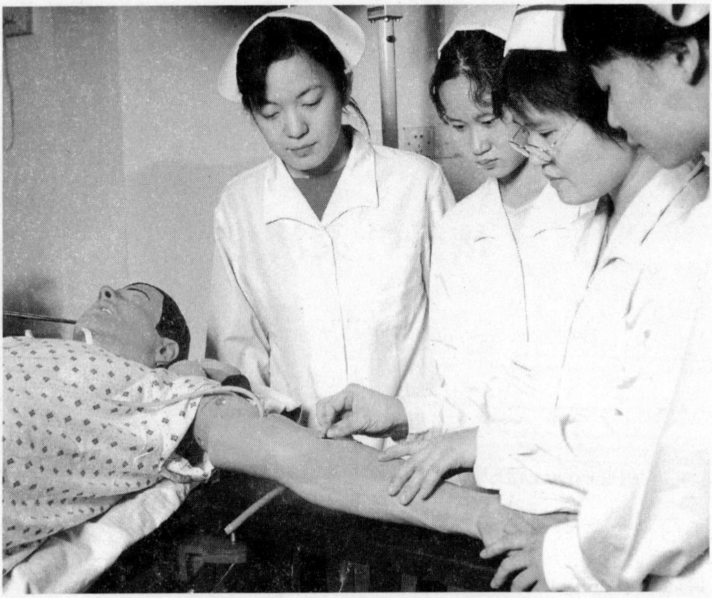

模拟针灸 ▶

运村里的中医服务发表了题为《奥运会运动员排队看中医》的文章。文章说，对于奥运会东道主来说，奥运会是展示比奥林匹克运动历史还要悠久的古老医术的良机。中国在奥运村设置了一个中医诊所，这在奥林匹克运动历史上是史无前例的。据媒体报道，前来体验针灸神奇作用，接受针灸治疗的国外运动员和奥运会的官员络绎不绝。奥运村诊所理疗科主任医生介绍，奥运会期间来诊所接受中医治疗必须提前预约。尽管如此，每天前来接受按摩、针灸的外国运动员仍然超过了三百人次。

有一名来自东南亚某岛国的年轻运动员，来诊所要求采用针灸治疗他的“鼻塞”症状。他说两周前他受凉后感冒发烧，在本国经医生诊断为气管炎，吃了药感冒好了，但一直鼻塞头痛。因为他们的教练前一天来接受针灸治疗，感觉很好，所以推荐他也来接受针灸治疗。经过中医医生诊断，认为他是表证未解，应疏风解表、宣通理窍。经过针灸治疗，这位运动员感觉鼻子通气了，头痛也减轻了。他惊讶地说："真没想到针灸还能治这种病！太神奇了！"有一位加拿大体操队教练对媒体记者谈到，经过奥运村诊所中医针灸治疗之后，困扰他多年的背部伤痛竟然消失了，这让他十分震惊。他说："针灸确实很有效，我一定会把它（中医针灸）推荐给我的运动员们。"

的确如此，针灸治疗的效果很神奇。那么，怎样采用针灸治疗呢？医生首先要找出病因，分析疾病成因的关键，辨别疾病的性质，作出诊断，然后确定相应的配穴处方，进行综合治疗。

针灸治疗安全吗

初次接受针刺治疗，面对又尖又长的针，相信每一个人都会感到紧张，怀疑针刺入皮下是否安全。

现代医学研究证实，针刺是安全的。首先，针刺用针一般都很细，对人体组织只能造成很小的创伤。其次，它并非针对病因进行强制性的干预，而是通过调整机体内在的"控制系统"而纠正机体的偏差。从现代医学观点来看，针灸是通过激

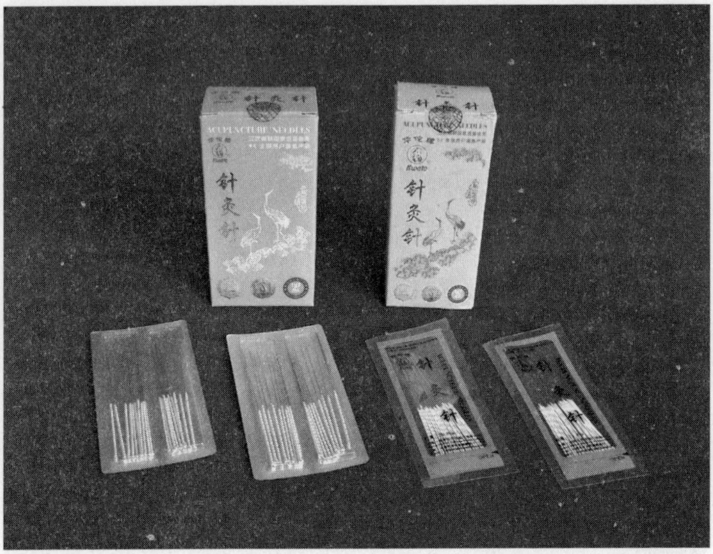

针灸针 ▶

发机体内源性生物活性物质的释放，提高相关物质受体的反应性，这就好像机体给自己开药治病。因为这是一种良性的生理性的调整，不会出现“调节过度”的现象。所以，针灸是一种“绿色疗法”。

当然，针刺的穴位是有讲究的，只要不是在身体的要害部位扎针，就不会出现危险。即使是身体要害部位的穴位，针灸疗法也都有一套非常安全的操作规程。如果医生受过严格的针灸学训练，遵照这些规程施治，针灸是非常安全的医疗手段。将针刺入皮肤，与皮下或肌肉注射相比较，其风险是微乎其微的。

但是，针灸还是有副作用的，比如患者与患者之间的交叉感染。因为针灸要求无菌操作，所以与任何皮下或肌肉注射一样，针灸施治必须具备清洁的工作环境，所有针具和其他的器具都需要消毒灭菌，合理存放。针灸师手部的清洁尤为重要，手上有伤口感染的医者必须痊愈后方可进行操作。患者针灸部位同样需要认真消毒。

针灸治疗也需要注意禁忌症。由于采用特定的手法针刺特定的穴位时可产生强烈的子宫收缩而导致流产，可用于引产或缩短产程，所以不宜用于孕妇。恶性肿瘤的患者禁用针灸治疗，特别是禁止在肿瘤部位针刺。在这种情况下，针灸可作为辅助手段，结合其他治疗方法，缓解疼痛和其他症状，减轻化疗、放疗副反应，从而提高患者的生活质量。还有一些部位不宜针刺，如小儿囟门、外阴部、乳头、肚脐以及眼球。另外，

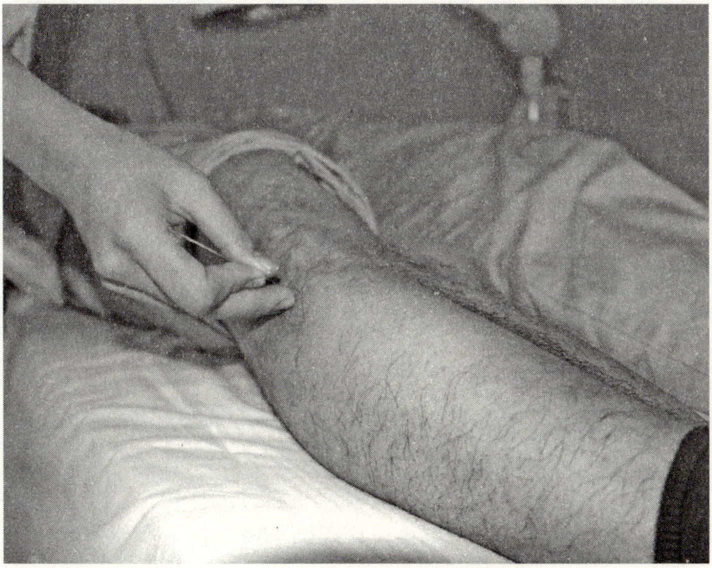

◀ 针刺足三里穴

针灸不能用于治疗有出血和凝血障碍的患者。有惊厥病史的患者要慎重接受针灸治疗，一旦在针刺治疗过程中发生惊厥，应立即将针全部取出，采取急救措施。若病情没有立即得到控制或持续惊厥，应将患者及时救治。

另外，由于针灸师操作不当，或者患者过于紧张，有可能出现断针或艾灸治疗过程中的烫伤等情况，这些也是不安全的因素，但都是可以通过医生采取的预防措施完全有效地避免的。

针灸治疗过程

针灸治病讲究“气至而有效”，扎针一定要得气，方能取得很好的疗效。所谓“气至”、“得气”，就是经脉对针刺产生了反应，只有经脉对刺激产生了反应，才能发挥疗效。怎样才能知道经脉对刺激有了反应呢？一个很重要的表现就是患者有酸、麻、胀、重等感觉，所以我们经常可以见到针灸医生问患者：“胀吗？有胀的感觉了吗？”为了做到得气，医生在将针扎进人体后，往往要左右捻转或上下提插，这叫“催气”，就是加快经脉对针刺的反应。

那么接受针灸治疗是怎样的过程呢？当你到医院看中医时，医生会首先观察你的面色，让你伸出舌头，看看舌苔，然后会问些有关问题，将手指放在你的手腕内侧上。这就是中医常说的“望、闻、问、切”四种诊断疾病的手段，称为“四诊”。中医通过这些手段，了解患者的身体状况，得知哪些部位有病，病情轻重，经过分析、综合，作出正确诊断，为辨证施治提供依据。这里作个简要的介绍。

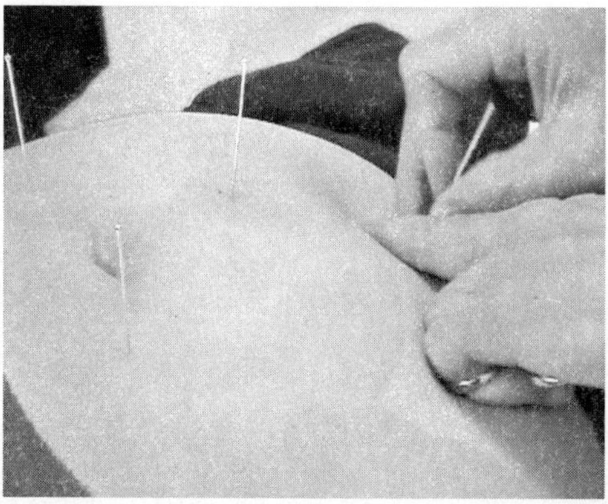

◀ 针灸治疗

望诊 是诊病的首要环节，它包括观察患者的精神状态、面部气色、舌苔、舌质等诸多方面，是医生对患者病情的最初印象，对其他三诊有非常重要的参考价值。中医认为，神与精气有关，如果患者精气旺盛、两眼有光，表明正气未伤，病情较轻；如果精气虚衰、目光迟钝、神志昏迷，则表示病情危重。气色是人体气血盛衰的外在反应。正常人的面色是红润而有光泽，患病时则气色异常，如：面色发黄说明脾胃不和、消化不良；颜面浮肿、面色发黑提示有肾脏疾患；面色苍白大多见于贫血的患者；面色红赤多为高血压病等。所以患者在看中医前要“保持本色”，不要化妆，不要涂指甲油，不吃太冷、太热的食物等，以免影响望诊的准确性。

闻诊 是医生通过听觉听声音和通过嗅觉闻气味来诊察

患者的病情，包括听患者说话、呼吸、咳嗽等声音的强弱，嗅出患者呼吸的气味，以及分泌物、排泄物、身体散发出来的气味，审察疾病的轻重。因此，患者在就诊前不要吃气味浓烈的食物，如葱、蒜、柑橘、口香糖等，不要饮酒。

问诊　是通过询问患者或陪诊的家人，了解疾病的发生、发展、治疗经过、目前症状及其他与疾病有关的情况。包括患者有无怕冷发热，有汗无汗和出汗时间，饮食情况及大便小便是否正常，女性患者月经、白带情况等。通过问诊，可以了解发病的原因及主要症状。患者就诊时应如实回答医生的有关询问，千万不能讳疾忌医，或者因不好意思而隐瞒病情，以免医生因受假象干扰而作出错误的判断。

切诊　包括脉诊和按诊。脉诊是中医诊疗最重要的手段。通

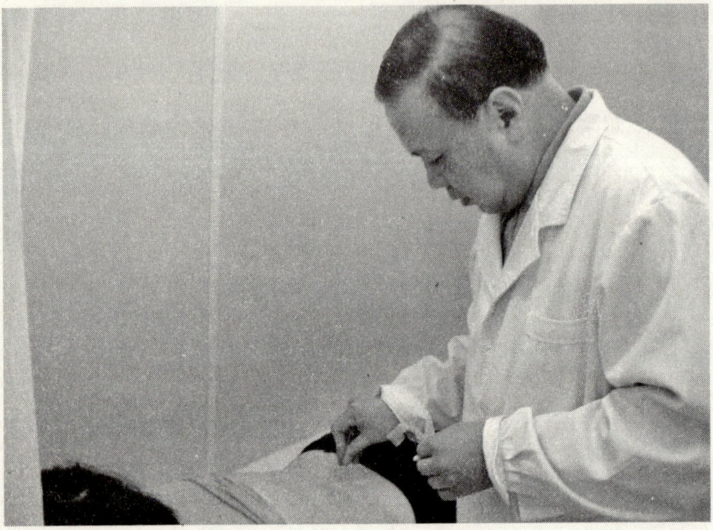

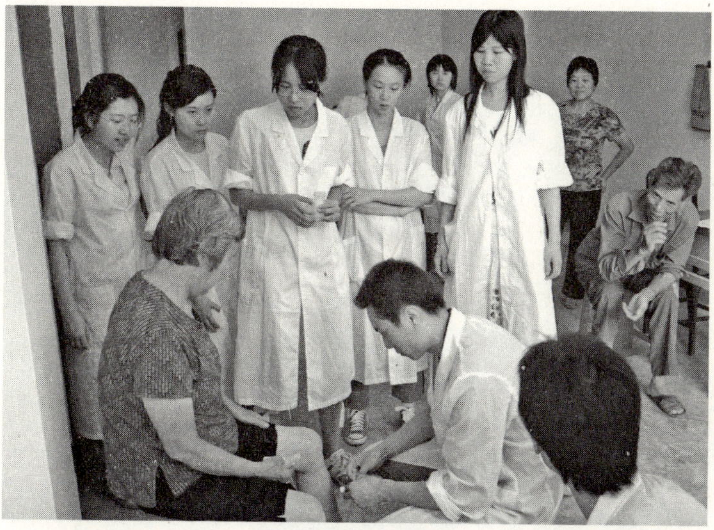

◀ 针灸治疗

过脉象的深浅、速度的快慢、跳动的强弱，以及搏动形态的不同，医生可以辨别不同的病因及病情。按诊主要是通过触摸患者的皮肤、手足、胸腹及腧穴等，以辨别正气的盛衰，探察疾病的变化。患者在就诊时,应当尽量保持心情平静，避免情绪急躁和剧烈运动等。

我们在前面已经介绍过，针刺和灸的治疗方法是不同的，医生会对不同的病症采用其中一种方法，或者二者皆用。接受针灸治疗的患者应该在就诊时向医生叙述自己的病情，特别是有惊厥病史、怀孕等相关禁忌症状，了解针灸的治疗过程和由此可能产生的感觉，心情一定要放松。

就针刺方法而言，由于患者的年龄、身体状况不同，患病的轻重程度不同，采用的针刺施治方法也就不同。根据不同的

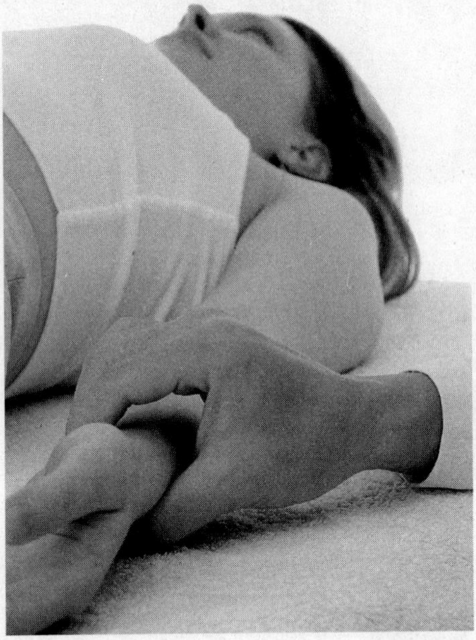

情况，医生可能只用一根针，也可能同时用十根针；可能刺入皮下半厘米深，也可能刺入皮下几厘米，甚至更深；可能只让针停留在体内数秒钟的时间，也可能让针停留在体内十至三十分钟。接受针灸治疗的患者应采取舒适的体位。接受灸术时，患者应选择平正舒适的体位，这样有利于医生准确选定穴位，也有利于艾炷的安放和施灸的顺利进行。第一次接受针灸治疗的患者有可能出现精神比较紧张，最好选择卧位。在治疗过程中必须保持体位不变，不得突然变换体位。正常情况下，患者经过针刺治疗会感到很轻松，原有的病症得到缓解。

但是，在针刺治疗过程中，有的患者可能会出现晕针的现象，感觉不适，包括头晕眼花、视物旋转、精神疲惫；也可能出现胸闷、心悸、恶心；有时出现呕吐，面色苍白，脉象虚弱的现象。严重者可能会出冷汗、血压下降、神志不清。这些反应通常是由于患者紧张、饥饿、疲劳、极度体虚、不适的体位以及过强的操作手法造成短暂的脑供血不足引起的。一般在短暂的休息后可缓解，严重者要采取急救措施。因此患者最好在饭后一小时接受治疗。

针刺治疗的疗程应根据患者的病情，有可能只需要一次或两次就能痊愈，例如运动造成肌肉扭伤。但更多的是需要一个疗程（一周）或数个疗程，特别是对于一些慢性病。因此患者应该按照医生的嘱咐，坚持治疗，以达到治疗效果。

由于灸法是用艾绒或添加其他药物制成灸炷或灸条，点燃后熏熨体表的一定部位（腧穴），或采用其他光、电等刺激体表的一定的部位，患者的皮肤会有不同程度的热感、灼热感、疼痛感。医生根据患者的不同病症、严重程度，采用或直接在

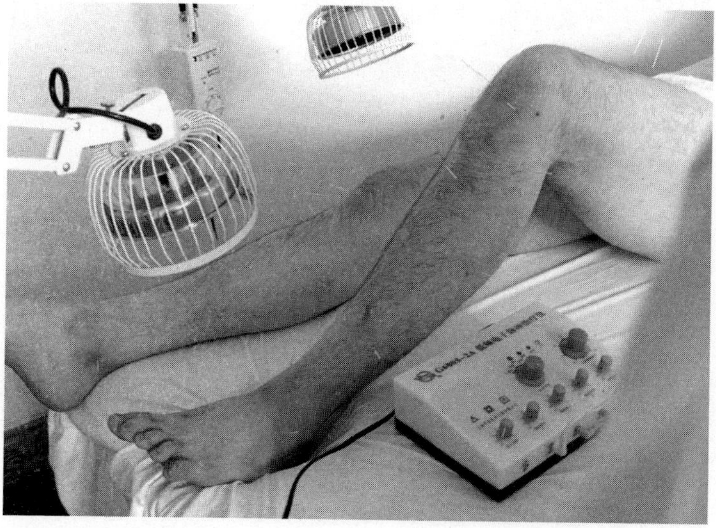

◀ 针灸治疗

皮肤上灸，或隔物灸；或使皮肤仅仅发红；或使皮肤灸后出现水疱、化脓，甚至留下瘢痕（瘢痕灸）。因此，接受灸法治疗的患者应首先向医生了解治疗过程中有可能出现的不良反应，如疼痛、化脓等，消除恐惧心理。除采用瘢痕灸以外，灸法治疗一般不会留下斑痕。瘢痕灸因为术后会留下瘢痕，所以患者应了解清楚，并有心理准备。

因患者的身体条件和病情不同，实施灸法的操作时间也不同。在治疗过程中，医生会通过与患者聊天的方式分散患者的注意力，或用手在穴位四周轻轻拍打，以减轻施灸的灼痛。患者如有不适的感觉应随时向医生述说，但体位不能乱动，手不能触摸，以防艾炷脱落灼伤皮肤。灸完一穴，患者应休息十分钟后再灸。如果患者在施灸的过程中出现恶心、头晕、面色苍白等晕灸现象，医生应立即熄灭艾火，终止施灸。这时，患者

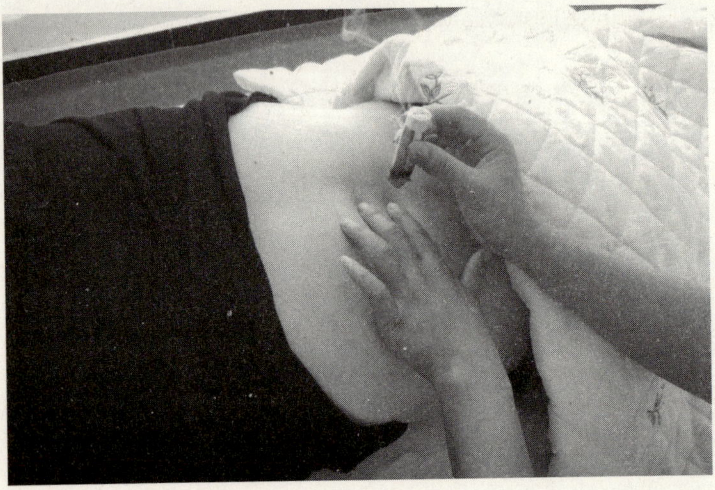

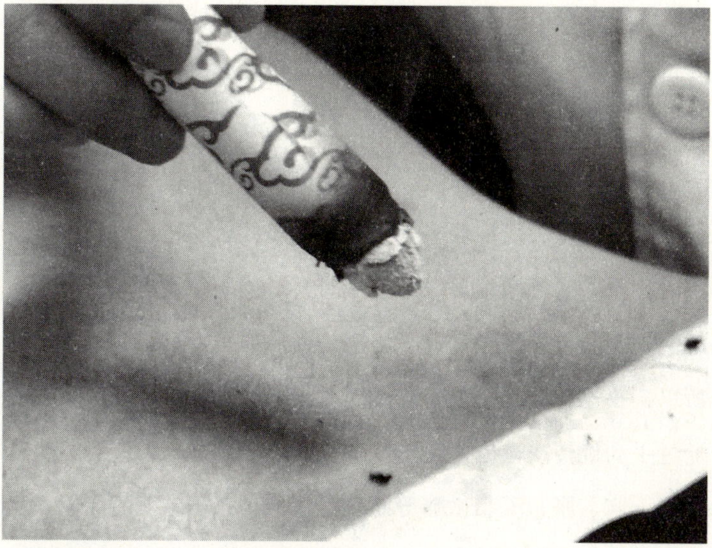

◀ 灸

可以饮些糖水，平躺下将头部放低。初次接受灸法治疗的患者会比较紧张，医生开始施灸的穴位不必过多，可待其适应后逐渐增至规定量。术后患者遇有不适，如发热或灸疮痛，应及时请医生检查处理。

针灸治疗痛吗

针灸所刺激的穴位是与人体经络相通的，而经络又内连脏腑，外达四肢、五官，所以，针灸可以通过对穴位的针刺或艾灸，调整脏腑及全身各部气血，起到治病的作用。既然针灸能够治病，很多从未接受过针灸治疗又想试试看的患者都会问：针灸治疗痛吗？

一般来讲，针刺疗法使用的针非常细，被称为“毫针”。用这种针刺入皮肤，不会引起像注射针扎进皮肤后那样的疼痛感。实际上，针刺造成的疼痛很轻微，有点像被小蚊虫咬了一下。人体之所以产生痛觉，是由于刺激了痛觉神经末梢，在大脑产生了痛觉，而神经末梢感受刺激需要时间，当进针速度很快时，小于痛觉末梢最短的应激时间，皮肤的痛觉末梢来不及感受到刺激，针已经扎进了肌肉，而肌肉是没有痛觉末梢的，所以，快速扎针时是没有痛的感觉的。当针刺入皮肤后，医生通过手动旋转或微电流（电针刺疗法）来刺激穴位，患者会产生酸、麻、胀、重、微痛等感觉，说明针正确地刺中了穴位。这种感觉不是在患者的表皮，而是来源于针尖所触及的部位。如果刺入的穴位准确，患者的这几种感觉会逐渐地扩散到针尖周围的部位，甚至四肢。这种感觉非常舒服。反之，如果针刺入人体后没有任何感觉，那说明针没有刺到穴位。当然，如果患者心情紧张，肌肉得不到放松，不能配合医生进针，无形中会加强针灸的刺激程度，不但穴位找不准，而且会很疼痛。另

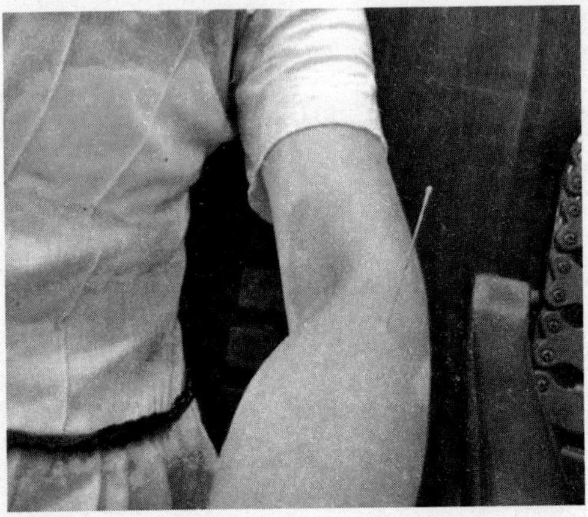

外，针刺疗法所用的各种针，其中包括粗细、长短很多种，比如三棱形针，这种针是用不锈钢制作成三棱形，用来刺破穴位或浅表血络，放出少量血液，因此患者会有疼痛的感觉。

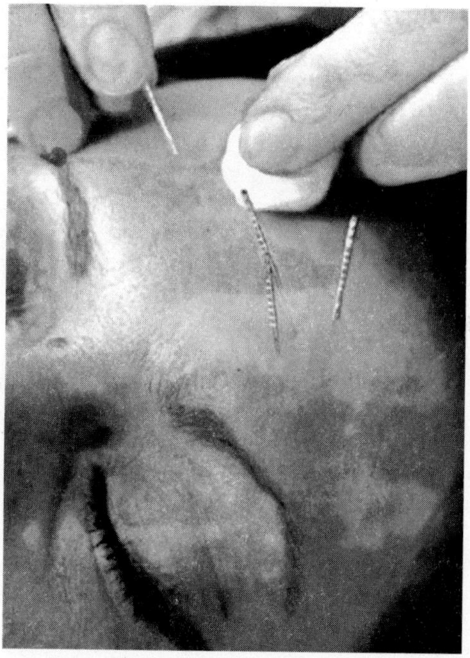

◀ 针灸治疗

灸法中，通常采用的间接灸，也称“隔物灸”，还有艾条灸。因为前者是利用药物将患者皮肤隔离开；后者是将药物悬空，与患者皮肤保持一定的距离，所以是不痛的。而对于有些病症，因为灸法要求必须使皮肤起泡、化脓、形成疤痕，方可去除病根，因此患者必然会有疼痛感。

针灸治疗范围

针灸治疗的适应范围很广，凡内、外、妇、儿、五官、皮肤等各科的许多疾患，大部分都能应用针灸来治疗。1980年，世界卫生组织（WHO）公布了四十三种采用针灸治疗有效的疾病。列述如下：

1.呼吸系统疾病

(1)鼻窦炎 (2)鼻炎 (3)感冒 (4)扁桃腺炎 (5)急、慢性喉炎 (6)气管炎 (7)支气管哮喘

2.眼科疾病

(8)急性结膜炎 (9)中心性视网膜炎 (10)近视眼 (11)白内障

3.口腔科疾病

(12)牙痛 (13)拔牙后疼痛 (14)牙龈炎

4.胃肠系统疾病

(15)食道、贲门失弛缓症 (16)呃逆 (17)胃下垂 (18)急、慢性

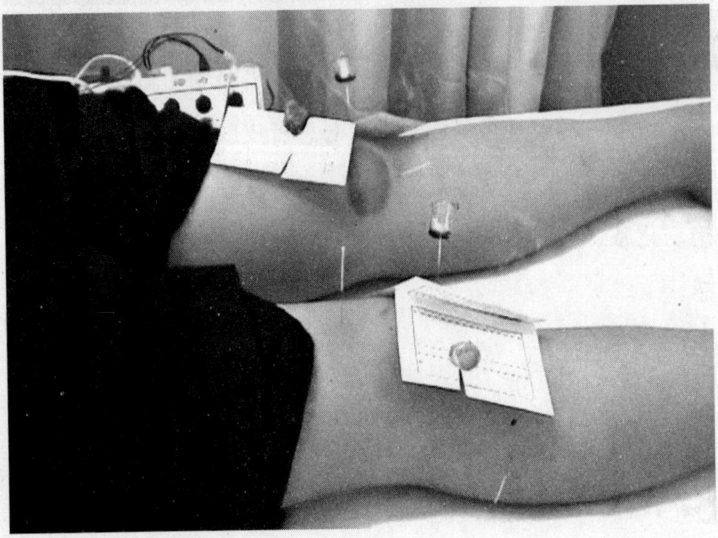

胃炎 (19)胃酸增多症 (20)慢性十二指肠溃疡(疼痛缓解) (21)单纯急性十二指肠溃疡 (22)急、慢性结肠炎 (23)急、慢性杆菌性痢疾 (24)便秘 (25)腹泻 (26)肠麻痹

5.神经、肌肉、骨骼疾病

(27)头痛 (28)偏头痛 (29)三叉神经痛 (30)面神经麻痹 (31)中风后的轻度瘫痪 (32)周围性神经疾患 (33)小儿脊髓灰质炎后遗症 (34)美尼尔氏综合症 (35)神经性膀胱功能失调 (36)遗尿 (37)肋间神经痛 (38)颈臂综合症 (39)肩凝症 (40)网球肘 (41)坐骨神经痛 (42)腰痛 (43)关节炎

◀ 针灸疗法

■ 美国芝加哥针灸、推拿健康中心开业典礼

针灸走向世界

1987年，在世界卫生组织的关心和支持下，世界各国家和地区的针灸学术团体代表会聚北京，宣告成立世界针灸学会联合会。2007年10月，世界针灸学会联合会成立二十周年庆典在北京隆重举行。世界针灸学会联合会主席邓良月介绍：截止到2007年，世界上已有一百零九个团体会员加入了世界针灸学会联合会，分布于四十八个国家和地区，代表着近二十万名针灸医生。全世界一百四十多个国家和地区拥有掌握针灸技术的人员。

其实，针灸这门古老而神奇的治病保健方法早在公元6世纪就开始传播到国外。

针灸流传之路

据有关史料记载，早在公元前2世纪，也就是历史上的秦末汉初之际，中国国力十分强盛。特别是汉武帝刘彻执政时期

丝绸之路路线图▲

（公元前140～前87年），中国开创了连通欧、亚、非三洲的丝绸之路。丝绸之路总长七千多公里，从公元前2世纪到15世纪，它像一条文化运河，通过一队队“驼舟”穿越大沙漠，将古老的中国文化与印度文化、希腊文化、波斯文化连接起来，将中国的丝绸、桑蚕技术、火药、指南针、冶炼术、造纸术、印刷术、中医药等传播到世界各地。丝绸之路除了主要向西发展以外，也向南发展到印度支那半岛和南洋等国，向东发展到朝鲜半岛、日本、东南亚，以及中亚细亚地区的国家。在公元6世纪，针灸医学传入朝鲜，当时朝鲜半岛还处于百济、新罗、高丽三国分立时期。中国南北朝时期，梁武帝在公元541年曾派医师赴百济传授中医（包括针灸）。百济人吸收中医，并善于应用它，很早就编著医书，如《百济新集方》。百济曾深受中国医学的影响，其所有典章以及医官制度多模仿中国，并把《针灸甲乙经》等书作为教材。百济最早的名医金波镇等曾客居新罗（位于朝鲜东南部），并携带药品前往日本。新罗人很快学会了中医药，在新罗王朝时（公元693年）就设置了针博士，教授针生。到中国唐朝时期，朝鲜的新罗、百济、高丽也都比照唐朝的科举制度，规定了学医者需学习包括中医针灸在内的学习科目。公元1136年，高丽政府正式规定以中国古医书《针经》、《黄帝明堂经》、《针灸甲乙经》等医书作为学习针灸的必修课程。

在日本历史上的大和时代（约公元250～538年），随着中、日、朝交流的日益频繁，日本人除直接学习中国医学外，还间接接受中国大陆传入朝鲜半岛的医术。在公元5世纪以前，新罗医生已经是日本求医的对象。在日本允恭、雄略、钦明天皇三朝（公元412～571年）时期，日本多次征召朝鲜良医、药方、医博士、采药师等。公元414年，日本允恭帝患病，就曾请新罗良医诊治。同时，由于屡受中国政府的爵封，中、日两国之间互派使节往来和通商贸易，因而也加强了学术文化的交流。中国南北朝时期，梁武帝天监十二年(公元513年)，

◀ 鉴真坐像(唐)

中国医生杨尔去日本讲授医学。梁元帝承圣元年(公元552年)，梁元帝赠送日本政府《针经》一书。此后日本不断有人来中国学习中医，钻研针灸学。公元562年，中国吴人知聪携带《针灸甲乙经》、《明堂图》等一百六十卷中国医书赴日本。公元752年，中国鉴真大师东渡日本，传授佛教和中医药，受到日本人民的敬仰。在中国的隋朝、唐初时期，日本政府屡次派“遣隋使”、“遣唐使”到中国。据中野操《增补日本医事大年表》记载：日本推古天皇十六年（公元608年）九月，药师惠日、倭汉直福因随“遣隋使”入隋学医。这是日本人首次正式赴外国留学。此后，在日本舒明天皇二年（公元630年）和孝德天皇五年（公元649年），药师惠日又两次赴唐学习医术，将隋、唐

“遣唐使”船

医学传入日本。日本文武天皇大宝元年（公元701年），日本开设针灸科。同年，日本政府仿效中国唐朝制度，颁布《大宝律令》，定《律》六卷，《令》十一卷，其中有关医学的部分称为“医疾令”。法令中明确规定用中国的《黄帝明堂经》、《针灸甲乙经》等著作作为日本学习医学和针灸学的必修课目。随着中国元、明、清朝医学著作大量流传于日本，日本从针灸的理论、方法到临床应用，吸取中国医学的精髓，奠定了日本针灸医学的基础。中国元朝名医滑伯仁的《十四经发挥》和明末著名针灸学家张介宾（又名张景岳）的《类经图翼》深受日本医家重视。《十四经发挥》曾被屡次翻刻，经冈本一抱、石坂宗哲等医家的注解、发挥而迅速流传全日本，使滑伯仁的学术思想成为当时标准的经络经穴学说。受张介宾《类经图翼》的影响，杉山和一的《杉山流三部书》、浅井周伯的《经穴机要》等医书，均如实地反映了《类经图

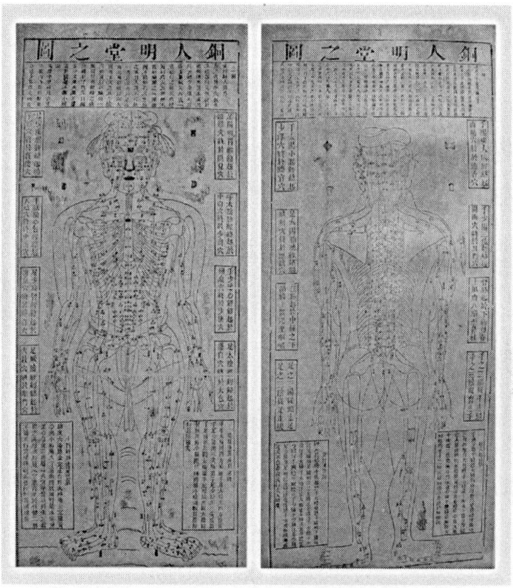

◀《铜人明堂之图》（明·赵文炳）

翼》的学术观点。

宋、元以后，随着海路航运事业的发展，中国和非洲、欧洲相互有了交往。针灸疗法也逐渐被介绍到这些地区。当时英国、法国、德国、荷兰、奥地利等国家的一些医学家，都开始把针灸应用于临床治疗和研究，同时也翻译了一些中医针灸著作。

明末清初时期，中国与世界的交流日益频繁，许多传教士纷纷来华传教，他们开始研究中医药，特别是中医的脉学、针灸学和本草学，并向欧洲介绍中国的医药知识。其中，最早介绍中医药的是波兰人卜弥格(P.Michael Boym，公元1612～1659年)，曾任波兰王Sigismond的首席御医。在中国期间，他研究了中国药物学，用拉丁文著有《中国植物志》(*Flora sinensis*)，它实际上是中国医书《本草纲目》的节译本，这是目前所知向西方介绍中国本草学的最早文献。该书于清顺治十三年(公元1656年)在维也纳出版。他还著有《医论》(*Clavis medica*)，全书共六个部分，其中他翻译了王叔和（公元201～280年，中国著名医学家、医书编纂家）的著作《中医脉诀》及中医舌诊和望诊等资料，并收集了近三百味中药，制有木版图一百四十三幅，铜版图三十幅。该书于公元1676年在米兰出版了意大利文译本。以后，英国名医弗洛伊尔(John Floyer,公元1649～1734年)受卜弥格译述的《中医脉诀》的启示，致力于脉搏研究，并把他译述中医学的拉丁文稿译成英文，连同他自己所著的《医生诊脉表》一书于公元1707年在伦敦出版。弗洛伊尔是近代最早发明和研究用表来计数脉搏作为诊断方法的医学家，他认为对脉搏和呼吸的研究是受中医脉学的启发。

向欧洲介绍中医中药、针灸术的重要人物当推杜赫德（Jean-Baptiste Du Halde，公元1674～1743年）。杜赫德是一位法国神父，著名的汉学家。他一生从未踏上中国的国土，却着迷于中国文化与历史。他根据传教士寄回欧洲的各种材料，撰写了《中华帝国全志》。该书全名为《中华帝国及其所属鞑靼地区的地理、历史、编年纪、政治和博物》(*Descrition géographique, historique, chronologique, politique et physique de l'empire de la Chine et de la Tartarie chinoise*)，被誉为“法国汉学三大奠基作之一”。该书分四卷，于公元1735年在法国巴黎出版。在这本彰显中华文化与历史的汉学著作中，杜赫德的笔端处处流露出对中国文化与历史的敬畏与仰慕。该书轰动了欧洲，几年之内便出版了三次法文版、两次英文版，另外还有俄文版和德文版。其中第三卷翻译了《中医脉诀》、《本草纲目》、《本草》(第一卷)、《神农本草》、

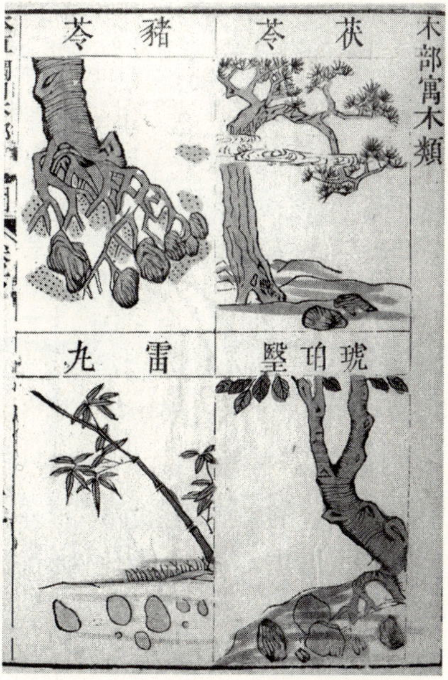

◀《本草纲目》图页

《名医别录》、《陶弘景本草》、《医药汇录》等书(节译)，卷首为中医诊脉图，并撰有《中国医术》一文，书中介绍了阿胶、五倍子的用途，记述了人参、茶、海马、麝香、冬虫夏草以及云、贵、川的山芪、大黄、当归、白腊虫、乌桕树等药材；第二卷介绍了若干中药。

有资料可以查证的还有中国灸疗术在西方国家传播的记载。西方人称灸疗为“moxa”或“moxi-bustion”。据文献记载，该词是荷兰人旁特（Dane J-acob Bontl）及赖尼(William Ten Rhyne)等人创造的，并由他们将灸疗于17世纪中叶介绍至欧洲。赖尼在其公元1693年出版的《论关节炎》一书中对艾灸疗法就有明确的记载：“采集艾的头和嫩叶，阴干后在手中揉

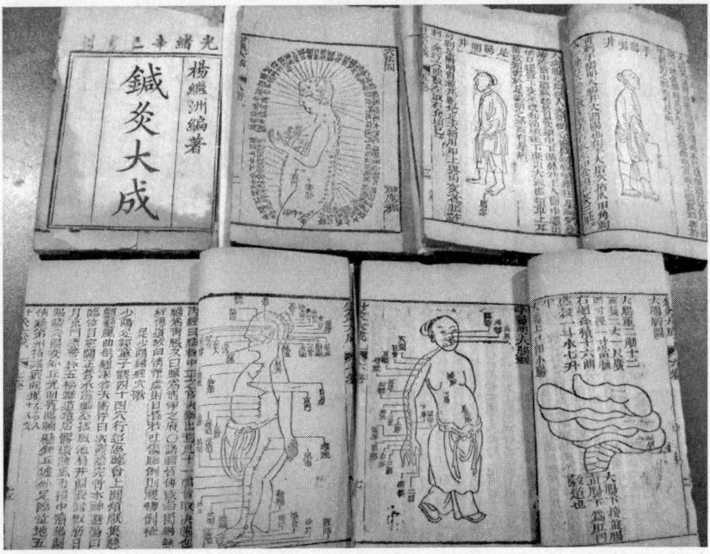

《针灸大成》书影▶

搓，除去纤维杂质，留下绒状物质备用。将艾炷安放于需要灸的病痛处，用引火物点燃其顶端。燃烧和缓进行，最后在皮肤上引起一个小泡……中国和日本的医师们从简单的图画中就能看出应该施灸的部位。图中画有简单的经络循行路线并用朱笔点明可以施灸的部位。”德国人肯普弗(Engelbert Kampfer，公元1651～1715年) 曾任荷兰东印度公司外科医生，接触过灸疗术。他在《海外珍闻录》(*Amoenitates exoticae*)一书中明确主张用艾绒施灸，他证实“在中国和日本常用作施灸的材料是艾绒”，他在书中通过画图，标明施灸的穴位和灸术的适应症。他对灸术，特别是艾灸在西方的传播起了重要的作用。

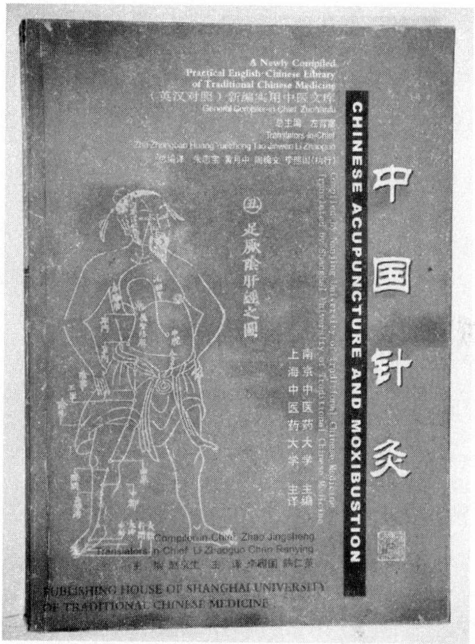

◀《中国针灸》

据统计，从公元1700年到公元1840年的一百四十年间，西方出版的关于中医药学的书籍(不包括文章)共约六十种，其中针灸学四十八种，脉学七种，临床医学两种，药学一种，医学史两种。在这一时期已有法国、德国、英国、爱尔兰、捷克斯洛伐克、瑞典、意大利七个国家出版了针灸学书籍，说明针灸学已经引起世界的关注。

据不完全统计，目前中医药学在世界上一百六十二个国家和地区得到不同程度的临床应用，中国政府与七十多个国家和地区的政府签署了九十多项合作协议，中医诊所在英国有三千多所，在加拿大有三千多所，在澳洲有四千多所，在荷兰有一千六百多所。中医在八个国家获得了合法地位，在九个国家被纳入医疗保健体系，接受过中医药、针灸、推拿或气功治疗的人数已达到世界总人口的三分之一以上，每年约有30%的当地人、超过70%的华人接受中医药保健与治疗，全球每年约有20%～65%的患者接受过补充和替代疗法(主要包括中医疗法)。

外国人的亲身体验

外国人接受针灸疗法的医案很多。这里讲两个真实的故事。

美国《纽约时报》副总裁詹姆斯·罗斯顿(James Reston)先生擅长政治时事报道，采访过从罗斯福到老布什等数届美国总统和周恩来及赫鲁晓夫等各国领袖人物，一生业绩不凡，获得过多项新闻界大奖。1971年，时任《纽约时报》资深记者的

◀ 中外交流

罗斯顿来中国采访，当时中美尚未建立外交关系。有一天，他发高烧，体温达39℃，腹部感到一阵阵刺痛。在周恩来总理的亲自过问下，罗斯顿住进了北京协和医院，被诊断为急性阑尾炎，并很快进行了手术治疗。手术后第二天，他感觉腹部有些不适，随后接受了针灸治疗。罗斯顿在病床上写下了自己的手术和针灸治疗的详细经过，并电传回报社总部。几天后，《纽约时报》发表了他的纪实报道：《现在让我告诉你们我在北京的阑尾切除手术》。文中记述："该医院针灸科的李医生在征得我的同意后，用一种细长的针在我的右外肘和双膝下扎了三针，同时用手捻针来刺激我的胃肠蠕动以减少腹压和胃胀气。针刺使我的肢体产生阵阵疼痛，但至少分散了我的腹部不适的

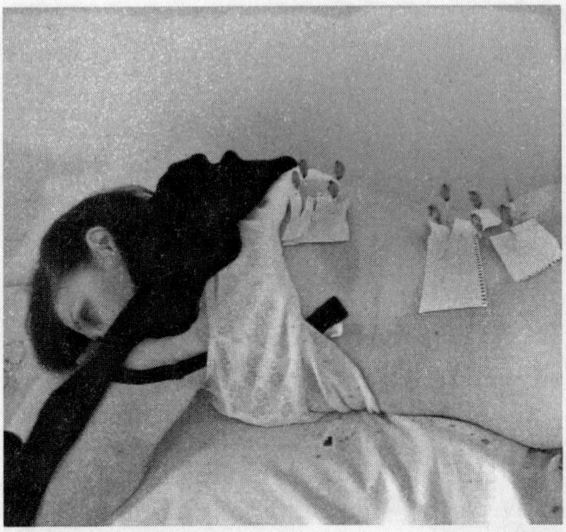

外国人体验针灸▶
治疗

感觉。同时李医生又把两支燃烧着的像廉价雪茄烟似的草药艾卷放在我的腹部上方熏烤，并不时地捻动一下我身上的针。这一切不过用了二十分钟，当时我还想用这种方法治疗腹部胀气是否有点太复杂了，但是不到一小时，我的腹胀感觉明显减轻而且以后再也没有复发。”

他的这篇纪实报道发表后，在美国引发了一场至今仍然热势不减的“针灸热”。1972年尼克松访华期间，总统的随行私人医生塔卡(Walter R. Thach)在华参观了针灸麻醉手术，回国后介绍他的见闻时说：“我看到的东西很少，但已足够使我相信其中有重要的东西存在，这是我们应当重视的，并可在临床上应用它。”此后，美国一些著名医学刊物和其他报刊上经常刊登介绍中医、针灸的文章和报道。一时间，针灸轰动了西方，许多美国患者对针灸治病抱有极大的希望。据报道，当时在美国针灸医生还很少，每天都有很多患者到纽约找针灸医生看病，致使针灸诊所由于诊室不够，不得不租下附近的旅馆接待患者。针灸医师忙得只顾给患者扎针，连取针的时间都没有，只好雇助手来拔针。据说，有的针灸诊所生意之好，一个星期的收入就足够买下一栋房子。

另一个故事说的是埃塞俄比亚姑娘玛丽。2003年的一天清晨，玛丽起床后感觉嘴角、口唇不听使唤，她急忙照镜子一看，原来左侧面部表情板滞，连皱眉、鼓腮、耸鼻等动作都难以完成，口角竟向右侧面部歪斜！她紧张地用双手抱着面颊部，手指碰压在左耳后下方还很疼痛。玛丽赶紧到附近医院就诊，先后去了眼科、口腔科，最后转到内科，内科医生诊断其为“左侧面神经炎”，给她开了口服药和注射针剂，让她在家好好休息。玛丽在家里熬了几天，实在受不了。她想起曾见过的嘴巴歪、眼睛不能闭合患者的样子，十分着急。后来听说中国针灸非常神奇，于是她去向驻地的中国医疗队求治。经过中国医生的诊治，玛丽了解到，她的病症是因为脉络空虚，风寒

◀ 针灸教室

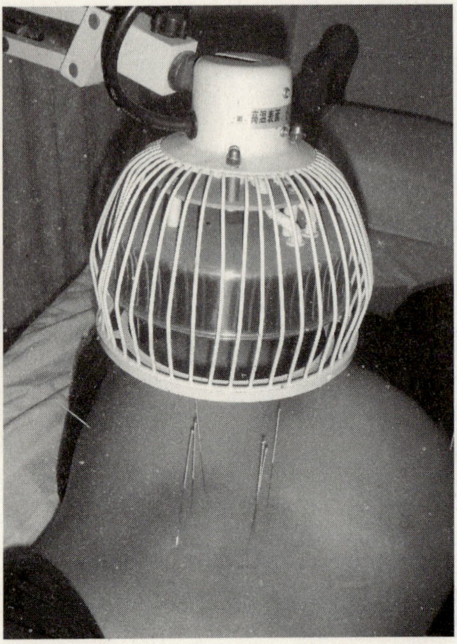

或湿热之邪侵入阳明、少阳之脉，以致经气阻滞，经脉失养所造成的。面神经炎的临床表现是起病突然，患者的面部发紧或板滞，或有耳后疼痛，鼻唇沟变浅或消失，额纹消失，眼睑闭合不全、流泪，鼓腮时漏气，口角易流涎，笑时口角向健侧歪斜。医生告诉她，针灸治疗面瘫的确是有效的，应该在发病的三天至五天开始针灸，并配合一些抗病毒的药物、营养神经的维生素类药物，能取得满意的疗效。这是因为在发病的头几天，病情尚未稳定，甚至症状还会加重，这时，患者处于血管痉挛、组织缺血、炎症渗出的水肿期，面神经在骨道中受压时间越长，损伤越大，因此，应及时使用药物，有的可考虑选最快的用药途径，如静脉注射、穴位注射。发病三天至五天可加上针灸疗法。针灸能祛风消肿，疏通经络，扶正驱邪。选用合适的穴位针刺，治疗第七天至十天后，可加上梅花针治疗。在发病一周

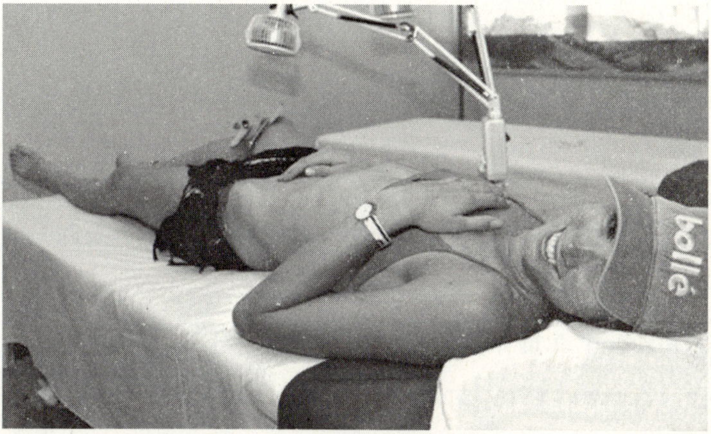

◀ 国外针灸治疗

后还可以添加磁灯照射治疗，促进气血运行以加快康复。中医的针灸疗法讲究辨证施治，针对一些受风寒的面瘫患者也可考虑用艾灸、拔火罐等治疗方法。在整个治疗过程中，需要注意的是：一方面局部治疗不可急于求成。有些患者治病心切，接受电针治疗时一定要把电流加大一点，针灸完了接着又去做物理治疗，这样局部刺激量过大，反而容易引起面瘫后遗症或继发面肌痉挛，给治疗带来更大的麻烦。另一方面，要注意保护眼睛。由于眼睑闭合不良，眼结膜和眼角膜不能很好地受到保护和湿润以及清洁，因而容易继发感染，所以要注意避免风直接吹入眼眶内。要常滴眼药水，涂眼药膏，尤其是睡觉前，要有意识地用手法轻轻地按摩眼睑，做好闭眼动作，或戴上眼罩以保护好眼睛。玛丽小姐经服药、针灸、梅花针和穴位注射等综合治疗后，她的脸上又重现出美丽的笑容。

外国人学针灸

随着中医针灸在世界上的广泛传播，越来越多的国家和人民认识了针灸，接受了针灸疗法。为了培养合格的针灸师，很多国家建立了针灸教育机构。世界针灸学会联合会主席邓良月教授在2007年世界针灸学会联合会成立二十周年庆典之际介绍，全世界有四十个国家开设了中医、针灸教育。日本有一所针灸大学、九十六所针灸学校和一百六十七所推拿按摩学校。欧洲有中医教学机构三百多所，据不完全统计，每年向各国输送五千多名中医药、针灸人员。英国四所大学有五年制中医系，有十几所一至三年学制不等的针灸学校。法国拥有近十个针灸专门学校，2007年初，法国医科大学开设“中国针灸专业”。美国中医教育界与学术界、医疗界、教育界相互沟通，一些高等学府设立了中医学系，并设置中医及针灸学的学士学位和硕士学位。美国有三十二所政府批准的中医、针灸学校，每年招生上千人，学制为三年全日制，学校规模最大的有在校生六百人左右，目前已有半数以上的中医针灸学校被政府承认。

与此同时，来华学习针灸的医生和学生也越来越多。“来中国学中医的外国留学生团一拨接着一拨，刚送走了墨西哥团和德国团，现在又来了巴西团，紧接着还有好几个外国留学生团，真是连喘口气的机会都没有啊。”中国中医科学院的李医生说这番话的时候，似乎在诉说她的工作太紧张了，但她忙得很开心。因为她知道一批批外国学生来华学习针灸，学成回国后就能用针灸疗法为更多的患者解除痛苦，使针灸疗法普及世界各地。李医生介绍，她已接待了来自三十多个国家的“中医学生团”，留学生团主要来自欧美、中东、韩国等国家，而且越是发达国家留学生团就越多。比如德国成立了德国医生来华学习针灸中医协会，每年派数百名医生和医学院的学生到中国进修针灸。“中医很奇妙，小小的一根银针，居然能治好那么多疑难杂症，如果不是亲眼看到，真的让我很难相信。”身材魁梧的乌多是德国的一名医生，他来中国开始学针灸时这样感叹道。有一位名叫埃克曼的英国小伙子在英国已经学了三年针灸，但是他还是选择来中国进修。当人们问他为什么选择学中医时，他居然像个老中医一样振振有词地说：“西医治表，中医治本，骨头断了找西医接一下，但

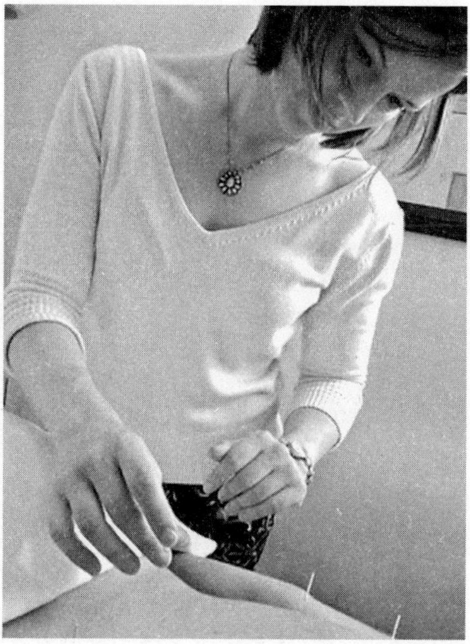

◀ 外国人学习针灸

是一些慢性病还得靠中医。”他在北京生活已经一年多了，学会了针灸、推拿、号脉，掌握了各个穴位的准确位置。“我的目标很明确，等学成之后，就回英国开个针灸诊所。”埃克曼自信地笑着说。来自巴西的雷福医生一边学习中文，一边学习针灸。他认为，相对于西医“头疼医头，脚疼医脚”的特点，中医把人体看作是一个有机整体，各个器官在生理上相互联系，保持协调平衡。中医更注重标本兼治。比如，治疗咳嗽，中医按成因的不同把咳嗽分为好几种类型，如寒咳和热咳、虚咳和实咳、外感咳和内伤咳等，而西医则把咳嗽归结为身体中某一器官功能的病变，如呼吸道系统或肺部的炎症。治疗时，西医采取的是对抗疗法，用抗生素强行使无序状态恢复到有序状态，而中医则依靠人体系统内部的动力，通过“气”的引导，实现人体自身从无序到有

针灸疗法备受摩洛哥人民的欢迎 ▶

序的协调，达到平衡。来自爱尔兰的尤妮丝女士对中医“治未病”的思想十分钦佩，她说：“我们非常认同中医的‘自然疗法’、‘绿色疗法’观念，中医提倡‘预防胜于治疗’的观念逐渐被世界各国的人们所接受，而且越来越受欢迎。”

结 束 语

中医针灸蕴涵着中华民族特有的精神、思维和文化精华，是经过数千年医学实践、知识积累、技艺提升的结晶，它之所以能够流传至今，说明其具有强大的生命力和创造力。在人们追求“绿色”医学的时代，我们编写了这本介绍中医针灸的小书，希望让更多的人了解针灸，也希望中医针灸疗法能够走向世界，为更多的人能够健康长寿发挥应有的作用。

参考文献

1.辛智科：《中国针灸医学发展史探》，《陕西中医学院学报》1989年第3期。

2.《针灸学发展简史》，选自《针灸中国网》，2006年。

3.《针灸铜人与铜人图》，北京中医药数字博物馆。

4.肖永芝：《日本古代针灸医学源流概论》，《中国针灸》1999年第5期。

5.《问切韩医》，《新京报》2006年10月23日。

6.书中部分插图选自北京中医药数字博物馆。

图书在版编目（CIP）数据

中医针灸 / 余瀛鳌，胡晓峰编著. -- 南昌：百花洲文艺出版社，2012.8
（中华文化丛书）
ISBN 978-7-5500-0373-6

Ⅰ. ①中… Ⅱ. ①余… ②胡… Ⅲ. ①针灸疗法 Ⅳ. ①R245

中国版本图书馆CIP数据核字(2012)第207137号

中医针灸

余瀛鳌　胡晓峰　编著

出 版 人　姚雪雪
责任编辑　黄朝晖　余　茳
美术编辑　彭　威
制　　作　周璐敏
出版发行　百花洲文艺出版社
社　　址　南昌市阳明路310号
邮　　编　330008
经　　销　全国新华书店
印　　刷　江西千叶彩印有限公司
开　　本　787mm×1092mm　1/16　　印张　10
版　　次　2012年10月第1版第1次印刷
字　　数　120千字
书　　号　ISBN 978-7-5500-0373-6
定　　价　17.00元

赣版权登字　05-2012-96

邮购联系　0791-86895108
网　　址　http://www.bhzwy.com
图书若有印装错误，影响阅读，可向承印厂联系调换。